KB108410

문구는 옳다

프로문구러의 아날로그 수집 라이프

문구는 옳다

정윤희 쓰고 찍음

오후의 서재

서문

손이 하는 일,
손으로 하는 일

난 손으로 하는 일들이 참 좋다. 처음 만난 사람과 악수를 나누며 인연의 시작을 자축하는 일도 좋고, 친한 친구 혹은 사랑하는 연인과 깍지 낀 손으로 마음을 읽는 일도 좋고, 힘들어하는 누군가에게 어쭙잖은 위로 대신 어깨에 손을 얹어 수백 마디의 말을 대신하는 것도 좋다. 또 내 시선과 마음을 한순간에 사로잡은 멋진 풍경을 담기 위해 살포시 카메라 셔터를 누르는 손은 얼마나 기특한지 모른다. 가끔 하늘을 올려다보며 해를 가린 손가락을 가만히 벌리면 그 사이로 쏟아져 내리는 햇살이라니! 이렇게 그냥 지나칠 법한 것도 손이 더해지면 딴 세상이 된다.

어디 그뿐인가. 아픈 배를 쓱쓱 쓰다듬어주는 엄마 손에 거짓말처럼 낫기도 하고, 거칠고 투박한 손으로 할머니가 양볼을 문질러 주시면 얼었던 볼이 금세 녹기도 했다. 퇴근하고 오시는 아빠에게 달려가면 두 손으로 번쩍 들어 올려 세상을 내려다볼 수 있게 눈높이 인사를 나눠주셨다. 세상엔 이렇게 정겹고 그리운 손투성이다. 이런 손을 수없이 맞잡고 지금의 내가 된 것이니, 손으로 하는 일이 어찌 좋지 않겠는가. 명함 속 이름 앞에 '글 쓰고 사진 찍는' 수식어를 넣고 사는 것도 같은 이유가 아닐까 싶다.

문구가 그렇다. 연필, 지우개, 가위, 포스트잇, 종이, 마스킹테이프, 자, 칼, 도장 등 온통 손을 타는 물건들이다. 칼을 들어 연필을 깎는 일도, 그 연필을 들어 종이에 써내리는 일도, 한손으로 종이를 누르면서 감촉을 느끼는 일도, 자를 대고 줄을 긋는 일도, 마스킹테이프를 찢어 붙이는 일도, 가위로 종이를 오리는 일도 전부 손의 몫이다. 물끄러미 내 손을 들여다보면 오른손 중지는 못난이 손가락이다. 연필을 쓰면서 생긴 굳은살 때문이다. 유명 발레리나의 발에 박힌 굳은살에 비교할 바는 아니나, 내게도 이 못난 손가락은 마냥 자랑스럽다. 손에 근사한 훈장까지 달아준 문구들은 신기하게도 그냥 두면 무생물에 지나지 않다가도 사람의 손을 타는 순간 숨겨진 본능과 재능을 펼쳐 살아 숨쉬기 시작한다. 그러니 손과 문구는 톱니바퀴처럼 물려야 제 맛인 것이다.

이 책에 수록된 30가지 문구는 내 손의 체온을 품어 군소리 없이 자기 일을 해주는 녀석들로 골랐다. 평범한 것부터 조금 낯설거나 특별한 것에 이르기까지 나의 애정을 받고 있는 문구를 소개하면서 각각의 매력을 알리고 싶었다. 또 저마다 다른 취향을 갖고 있더라도 '문구'라는 공통분모로 손을 잡아보는 시간을 갖고 싶었다. 그리하여 자극받은 서로의 문구 생활이 좀 더 풍성해졌으면 하는 욕심도 담았다.

아주 오래전 어느 추운 겨울날, ENG 촬영으로 야외에서 발을 동동 구르며 매서운 바람과 씨름 중이던 내게, 한 카메라 스태프가 손이라도 녹이라며 뜨거운 캔커피를 건넸다. 아, 그때 그 캔커피의 따뜻함이라니. 순식간에 손을 타고 머리부터 발끝까지 전해진 후 심장까지 노글노글 데워줬다. 그 온기는 수십 년이 지난 지금까지 남아 있을 정도로 강렬했다. 손에서 손으로, 다시 손에서 마음으로. 이렇게 난 손이 하는 일이 진짜 좋다. 손으로 하는 일이 결국 마음으로 하는 일이다. 그러니까, 문구는 항상 옳다.

정윤희

차례

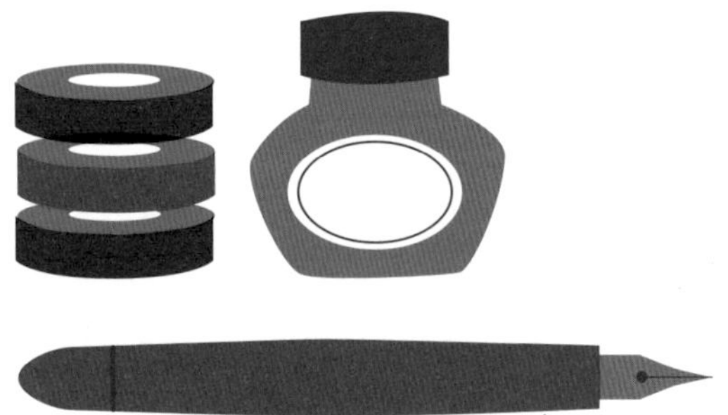

파커 51

내 생애, 첫 만년필

내 만년필 애정은 고 1때부터 시작된다. 파커 51Parker 51. 아버지로부터 하사받은 이 한 자루의 만년필은, 따지고 보면 내 인생까지 바꿔놓을 만큼 큰 인연이긴 했다. 글밥을 먹고 살고 있으니 말이다. 카메라와 만년필을 남들보다 일찌감치 배웠고 지금의 내 명함에 '글 쓰고 사진 찍는' 수식어를 달게 된 것도 지극히 자연스러운 일이었다. 따지고 보면 순전히 아버지 덕분에 지금의 내가 있는 것이다.

처음 파커 51을 손에 쥐고 종이 위에 써내렸던 그 촉감은 지금도 잊히지 않는다. 그 보드라운 촉감이라니. 그간 사용해 왔던 연필과 샤프펜슬, 볼펜, 사인펜의 존재를 싹 잊어버릴 만큼 새롭고 놀라운 경험이었다. 금촉이 주는 말랑한 촉감 때문인지 생각

없이 쓰는 단어조차 절로 폭신폭신한 글이 되는 느낌이랄까. 수십 년이 훌쩍 지난 지금까지 그 촉의 느낌은 여전하다.

파커 51은 파커의 명작 중 하나로, 만년필 좀 쓴다는 이들에겐 지금까지 전설로 이어지는 제품이다. 1939년 파커 창립 51주년 기념으로 만들었다 하여 '파커 51'로 이름 붙은 이 만년필은 디자인부터 구조에 이르기까지 클래식의 정수를 보여준다. 캡을 열면 필기에 알맞게 가볍고, 캡을 끼우면 딱 기분 좋을 만큼 듬직하다. 그 옛날 이런 하이브리드형 무게 중심까지 제품 속에 녹여내다니 똑똑한걸 싶다. 개인적으로 필기할 때 만년필 캡을 펜의 배럴 쪽에 꽂는 방식을 너무 싫어한다. 캡 안쪽의 잉크가 배럴 쪽에 묻어나 손이며 종이며 얼룩이 지기 때문이다. 그러나 파커 51만큼은 가끔 컨디션에 따라 끼워 쓰기도 한다.

이 만년필의 또 다른 특징은 펜촉이다. '닙nib'으로 불리는 펜촉이 여느 만년필처럼 적나라하게 모양을 드러내지 않고, 마치 후드티를 입은 듯 펜대 속에 파묻힌 형태다. 일명 '후드Hood 닙' 혹은 '후디드Hooded 닙'으로 불린다. 펜촉이 공기에 노출되는 부분이 적기 때문에 잉크의 마름 현상을 막아주고, 사용할 때마다 뚜껑을 열고 닫는 불편함도 덜 수 있다. 또 색다른 글씨체를 쓰기 위해 살짝 펜촉 가까이 쥐기도 하는데 이럴 때도 손에 잉크가 잘 묻지 않는 구조다. 클래식 버전의 만년필에서 자주 볼 수 있는 모양으로, 왠지 연륜과 함께 인생의 깊은 맛을 경험한 펜촉이랄까. 최근 뉴트로 열풍이 만년필 분야에도 불고 있어 이를 그대로 카피한 저렴이 제품들이 뒤를 따르고 있지만 감히 파커만의 성능과 맛까지 흉내 내지는 못하더라.

또 하나 파커의 빼놓을 수 없는 상징은 바로 화살 클립이다. 주머니나 노트, 책에 살짝 끼워둘 수 있는 클립은 파커의 시그니처로, 화살촉이 뾰족하지 않고 파커 51을 에지 있게 마무리해준다. 캡 역시 열고 닫을 때 여느 만년필처럼 '딸깍'하고 끼워 맞추는 방식이 아니라 마치 초고속 카메라로 영화 속 액션 신을 보는 것처럼 슬며시 미끄러지듯 안착한다. 필기감만큼이나 유연하다.

어느새 2대에 걸쳐 사용하고 있는 파커 51은 이렇게 디자인 면에서나 성능 면에서 지금까지도 전혀 밀리지 않는다. 근사한 만년필의 감촉을 일찌감치 경험할 수 있게 펜의 물꼬를 터준 아버지도 실은 문구계의 얼리어답터셨다. 만년필과 잉크로 가득 찬 여러 개의 서랍, 맞춤으로 제작한 책상, 그 위를 덮은 매트 대용의 두꺼운 유리, 서예도구가 담긴 칠기 박스 등… 아버지 서재는 어릴 적 내게 문방구 그 자체였다. 그리고 가끔 만년필을 꺼내 꼼꼼하게 청소하시던 아버지의 모습도 또렷하게 기억난다.

얼마 전 유전 관련 해외 연구 발표를 보니 사람의 체질과 외모, 질병 등 외에도 부모의 경험과 기억까지 유전 요소가 될 수 있다고 한다. 마음이 심란하거나 시간 여유가 될작시면 쓰고 있는 만년필들을 모두 꺼내 세척하고 새로 잉크를 주입하고 백지 위에 잉크 흐름을 확인하는 나의 의식 또한 유전이었구나 싶다.

한 사람의 인생보다 더 긴 시간을 보내고 있는 파커 51의 펜촉은 뭐랄까, 끝이 아주 묘한 모양새를 하고 있다. 아버지와 내가 사이좋게 종이 위에 펼쳤던 글씨만큼 마모되기도 했거니와 부지런히 잉크와 함께 종이 위를 달리며 얻은 일종의 훈장이 아닐까. 그럼에도 파커 51은 아직도 기개가 남다르다. 앞으로도 더 많은 시간을 나와 함께 하며 미처 영글지 않은 머릿속 생각이나 정제되지 않은 마음 속 감정을 풀어줄 것이 분명하다. 오늘도 '글접신'과의 만남을 고대하며 파커 51을 집어 든다.

프레드앤프렌즈 플렉스 마크

책 읽기에 자유를 부여하다

'춘도쿠Tsundoku'라 한다. 열심히 책을 사지만 읽지 않고 침대 옆이나 책상, 탁자 위에 쌓아두는 일련의 행위 말이다. 책 쇼핑에 열광하다 보니 불행하게도 읽는 속도가 사들이는 속도를 이기지 못한다. 가끔은 아주 자랑스럽게 같은 책을 사들고 오는 만행을 저지르기도 한다.

이 비생산적인 쇼핑 질병을 막기 위해 내린 나의 처방전은 새로운 독서법이었다. 한 권을 다 읽지 못하면 절대로 다음 책으로 넘어가지 못하는, 쓸데없는 고집을 버리기로 한 것이다. 한 권은 침대 머리맡에, 한 권은 욕실에, 한 권은 책상 위에, 또 한 권은 작업실에. 이렇게 나름 지혜로운 분산 독서로 책을 나눠두고, 어디에 있든 손에 가까이 닿는 책을 읽기 시작했다.

바야흐로 글 쓰는 사람으로서 춘도쿠의 불명예를 회복하고, 드디어 마음 편한 독서의 자유까지 만끽하게 되었다. 이 새로운 독서법에 혁혁한 공을 세운 것이 바로 '책갈피'다. 책갈피는 누구나 알고 있듯, 책 사이 원하는 곳에 끼워 나중에 읽던 페이지를 쉽게 펼쳐볼 수 있는 물건이다. '갈피끈', '가름끈', '서표', '시오리', '헤드밴드' 등으로 부르기도 한다. 초등시절 읽던 양장본의 세계명작전집이나 위인진을 비롯해, 지긋지긋했던 참고서 《수학의 정석》에도 어김없이 갈피끈이 달려 있었다. 이처럼 갈피끈은 '책'을 마주하면 숙명처럼 만날 수밖에 없는 자연스러운 존재다.

시대별로 거슬러 올라가면 유행과 트렌드에 따라 그 종류도 다양했다. 학창 시절 유명 스타들의 사진이나 네잎 클로버, 말린 꽃잎, 낙엽을 이용한 코팅 버전, 서점에서 책 살 때 끼워주는 홍보용 종이 책갈피 등등. 물론 이런 종류는 책을 애지중지하는 이들이 선호하는 방식이고, 책장 한 귀퉁이를 접거나 연필이나 볼펜을 끼워 두는 무심한 이들도 적지 않았다. 또 책에 대한 집착으로 즐비하게 탑 쌓기 놀이까지 서슴지 않는 - 나 같은 - 춘도쿠 타입은, 책갈피 역시 집요하게 모았다. 출장과 여행길에 사 모은 책갈피도 어느새 수북하게 쌓여, '춘도쿠' 못지않다. 문제는 잃어버릴 것을 걱정해 소중하게 모셔두기만 할 뿐 좀처럼 쓰지 못한다는 점이다. 그나마 맘놓고 즐겨 쓰는 것은 '북다트bookdart'로 불리는 펜촉 모양의 얇은 금속 책갈피다. 읽던 문장 옆에 머리핀처럼 정확하게 꽂아둘 수 있고, 두께가 얇아 존재감이 없을 만큼 깔끔하다. 책마다 꽂아놓고 제대로 수거하지 못해 몇 개 남지 않은 것이 함정.

그러던 중 아주 무난하면서도 은근히 편한 책갈피를 하나 득템했으니 '플렉스 마크Flexmark'다. 재미와 기발한 아이디어 상품으로 유명한 미국의 인터넷 쇼핑몰 '프레드앤프렌즈Fred&Friends'의 제품인 이 책갈피는, 손목에 고무줄을 끼워두었다가 머리를 묶듯 읽고 있는 페이지에 동여매면 된다. 늘었다 줄었다 하는 실리콘 밴드의 탄성 덕분에 천차만별인 책 사이즈에 상관없이 유연하게 쓸 수 있다. 책을 읽다가 잠깐 덮어두거나 간편하게 고정시켜 놓을 수도 있고, 읽는 중에도 왼편에 끼워두고 페이지가 넘어갈 때마다 고정시키는 일도 가능하다. 아주 가끔 종이 질이나 제본 형태가 너무 제멋대로인 책은 마지막 장을 덮을 때까지 책 양쪽을 단단히 쥐고 근육 독서를 해야 할 때가 있다. 못된 송아지 엉덩이에 뿔난 유형의 책도 플렉스 마크는 단번에 해결해준다.

암튼 나의 새로운 독서법은 편리한 책갈피 하나면 충분했고,

SARA MIDDA'S SOUTH OF FRANCE A

책을 읽다 멈춘 지점부터 언제든 정확하게 바통을 이어받을 수 있게 됐다. 물론 이 책 저 책을 넘나들고 있기 때문에 읽던 지점부터 바로 읽을 순 없고, 시든 기억력에 기름을 쳐주며 앞 문장 혹은 앞 페이지로 되넘어가야 하지만. 책갈피는 확실하게 나의 동시 접속 독서법에 아주 유용한 문구다. 아, 이렇게 보람찬 기능의 문구라니.

새로 알게 된 사실 하나를 첨부하면, 무언가 구별하거나 잊지 않기 위해 표시를 해 두는 것을 순우리말로 '보람'이라고 한단다. 또 그러한 행동을 하는 것을 '보람하다'라고 표현한다니, 놀랍지 아니한가. 다시 한 번 악센트를 주어 외쳐본다. 아, 이렇게 보람한 기능의 문구라니.

※이 동시다발적인 개인 독서법은 책과 친해지고 싶은 이들에게 권하고 싶으나, 평소 건망증이 있거나 깜빡깜빡하는 정신머리를 가졌다면 비추. 등장인물이 많거나 줄거리라도 복잡할라치면 침대 옆 책과 화장실 비치된 책의 주인공이 마구잡이로 섞여, 또 한 권의 소설을 쓰고 있을 테니.

-professional
n my chair and
urn back to my
act, I'm typing so
of splodgy typos. It
st in the world. But
, that's the point.
compaamy occupati-
osibsle, a wide vareiety
on ther markte, ranign
a pension brochure, and
hough scanning for some
a?" says Philip.
lancing up from the brochure
be interrupted while I'm at
neck of the woods on Saturday,"
Road. Trendy Fulham."
days, isn't it? My wife was
ll of it-girls, all living on

3M 포스트잇 블랙

메멘토의 영혼을 구원하라

고대 그리스의 수학자이자 물리학자였던 아르키메데스가 외쳤던 '유레카Eureka'는 새로운 발견과 발명에 따라붙는 역사적 감탄사다. 요즘 우리가 사용하는 다양한 문명과 기술도 대부분 이 짜릿한 단어와 함께 탄생했을 것이다. 반대로 세상에 빛도 못 보고 명함 한 장 내밀지 못한 채 스러져간 실패작도 부지기수다. 실패의 쓴맛을 보며 뒷문으로 살짝 사라졌기에 그 존재마저 알 수 없으니 여기 나열하긴 힘들지만, 그런 실패에도 예외는 있는 법.

실패의 과정을 거듭 오가며 이 시대의 필수 문구로 당당히 살아남은 녀석이 있으니, 바로 '포스트잇Post-it'이다. 메모의 대명사가 된 포스트잇은 접착제를 개발하는 과정에서 쉽게 떨어지지만 또다시 붙기도 하는, 맥 빠지는 성분으로 만들어진 것이 시초였다. 착붙 제품을 만드는 전문기업 3M에서는 이 성분을 눈여겨보지 않았지만, 접착 형태를 찾아낸 연구원의 노력과 3M 직원의 눈썰미에 힘입어 실패로 분류되는 운명을 걷어차고 현재의 위치에 오르게 됐다.

학창 시절 조례와 종례 시간에는 담임선생님의 전달 사항이 수두룩했다. 해당 과목 수업 후 숙제까지 더해지면 꽤 많은 내용이었으나, 따로 수첩에 적는 대신 나는 손바닥 어제魚際 부위에 하나 가득 적어두는 습관이 있었다. 수첩이나 노트를 열어 확인할 필요도 없고 수시로 눈에 띄기 때문에 오토 리마인드의 효과가 확실했다. 또 집에 와서 손 씻기 직전 챙겨두면 새까맣게 잊거나 빼먹는 일이 없었다. 이 낯선 메모 습관을 목격하는 이들은 하나같이 수첩이 없냐며 핀잔을 주기도 하고, 참 요상한 아이라는 듯이 지청구를 먹이기도 했다. 하지만 따지고 보면 내 손바닥 메모의 최대 수혜자는 내가 아닌 담임선생님과 내 친구들이었다. 가끔 종례 시간에 교무수첩을 챙기지 못한 담임선생님은 내 손바닥을 뒤집어보는 것으로 그날의 종례를 마쳤고, 친구들은 헤어지기 전 준비물이나 숙제를 챙기기 위해 내 손바닥을 애용했다. 이 손바닥 메모에도 나름 규칙이 있다. 손에 로션을 바른 후 사용하면 볼펜으로 필기가 불가능하고, 수성 사인펜은 땀이나 물이 묻으면 검정 얼룩으로 범벅이 된다. 따라서 유분기 없는 뽀

송함을 항상 유지해야 하며, 볼펜 '잉크똥'이 많이 나오는 펜은 절대 금물이다.(똥 안 나오는 빅vic 크리스탈을 애용했다.)

세 살 버릇 여든까지 간다고 대학교 졸업 후 구성작가 일을 시작하면서도 이 습관은 멈추지 않았다. 스치듯 내 손에서 무언가 발견한 사람들은 당장 손을 낚아채, 엄지 안쪽 깊숙이 적힌 글자의 실체를 보고 나면 하나같이 한마디씩 했다. '니가 메멘토냐?' 그 당시 단기 기억상실증을 앓는 주인공이 필사적으로 기억을 잃지 않으려고 5분, 10분 단위로 폴라로이드 즉석 사진을 찍고 몸에 단어를 새기는 내용의 영화 〈메멘토Memento〉가 개봉 중이었다. 기억을 위해 내 몸을 사용했다는 점에선 일맥상통하는 바 없지 않다. 이렇게 광적으로 메모를 피부 깊숙이 즐겨왔던지라, 작업실이든 집에서든 반드시 포스트잇이 책상 위에 있어야 심리적 안정감을 느낄 만큼 문구 찐친이 되어버렸다. 엄밀히 말하면 '포스트잇'은 3M사의 제품명이고, 정확한 명칭은 '스티키 노트Sticky note'다. 문서나 노트, 책, 모니터 등에 붙였다가 쉽게 떼고 다시 사용이 가능하다는 점에서 참 기특한 포스트잇은, 원고지에서 워드 프로세서, 그리고 노트북으로 갈아타던 시절에도 제자리를 한 번도 내어준 적 없이 승승장구했다.

초창기의 포스트잇은 넓적한 직사각형(657) 사이즈와 이를 1/4로 나눈 사이즈(653)가 전부였다. 색상 또한 연한 노란색과 분홍, 파랑색으로 아주 제한적이었다. 하지만 지금은 화려한 컬러와 천차만별의 사이즈에, 다양한 캐릭터와 컬래버레이션하는 등 그 종류만도 어마어마하다. 또 여기에 각종 자료나 문서에 표시를 해두는 용도의 포스트잇 플래그와, 거칠거칠한 돌이나 목재 표면에도 강력하게 붙일 수 있는 익스트림 버전까지… 3M 가문의 영광을 인증 중이다. 특히 익스트림 버전은 공사장이나 작업장 등 거친 야외 환경에서도 편하게 쓸 수 있게 업그레이드된 버전이라고 한다. 그 중 내가 써본 가장 희귀한 레어템은 뭐니 뭐니 해도 블랙·와인·네이비 등 짙은 무채색 버전의 포스트잇이다. 우연히 미국 LA 출장 중 문구 대형마트 '오피스 디포Office Depot'에서 찾아낸 것으로, 펄이 들어간 메탈릭 펜이나 흰색 잉크로 썼을 때 그 진가를 발휘한다. 도도하기까지 한 이 포스트잇은 아끼고 아껴 썼으나 현재 몇 장 남지 않아 보존용으로 분류해 두었다.

포스트잇 애정자로서 느끼는 신기한 점은 첨단의 디지털 시대인 지금도 그 인기가 식지 않는다는 것이다. 손끝으로 한 장을 조심스레 일으켜 떼어낸 후 원하는 곳에 붙여 메모하는 그 찰나의 감성을 나 말고도 의외로 많은 이들이 즐기는 모양이다. 그 감성이 목소리를 높여 메시지를 전하고 싶을 때 혹은 어떤 이슈가 된 장소에서 기념과 추모를 하게 될 때 울림 있는 단어들을 빼곡히 담아 거대한 포스트잇 벽을 만드는 일도 우리의 흔한 일상이 되었다. 노란 손수건에 이어 노란 포스트잇의 문화로 말이다. 최근에는 독창적인 예술혼까지 불어넣은 '포스트잇 픽셀아트Pixel Art'까지 탄생해, 빌딩 유리나 사무실 벽 인테리어를 대신하는 용도로 쓰이기도 한다. 픽셀아트는 8비트·16비트 게임 그래픽에서 익히 보아온 네모난 픽셀로 만들어진 이미지로, 결국 포스트잇 한 장이 하나의 픽셀로 대체된 방식이다. 이를 독려라도 하듯, 포스트잇의 공식홈에서는 픽셀아트 제작 팁까지 상세하게 소개하고 있으니 포스트잇 덕후라면 한 번쯤 도전해도 좋을 듯하다. 그 중 알아두면 도움이 될 만한 정보를 하나 전하면, 포스트잇을 사용할 때 수직으로 들어 올려 떼는 것보다 옆면(사이드)을 들어 수평 방향으로 떼내야 한다는 사실. 이로써 종이가 돌돌 말리지 않고 꼿꼿하게 유지되고 접착면도 온전하게 살릴 수 있다고 한다.

지극히 사적으로 쓰는 포스트잇 활용법 중 하나는 '생각 수세미'를 정리할 때다. 의외로 많은 사람들이 창작 활동을 위해 맨 처음 하는 행동은 PC나 노트북 앞에 앉아 문서를 열고 깜빡이는 커서를 노려보는 것이다. 하지만 엉클어진 생각 수세미는 좀처럼

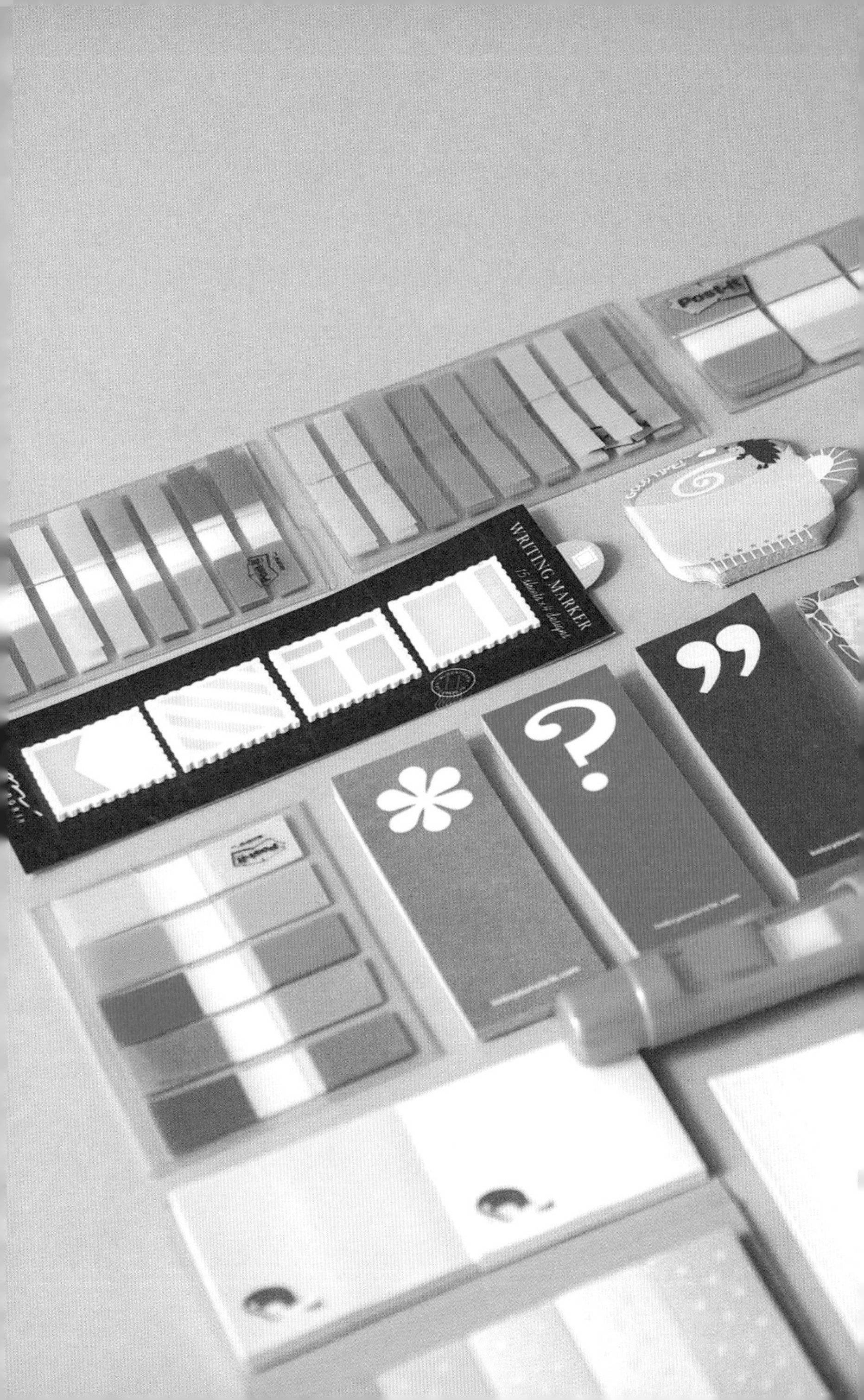
Post-it
WRITING MARKER

Post-it
Post-it
Post-it
COCORO

풀리지 않는다. 이럴 때는 과감하게 노트북을 덮는 것이 좋다. 연필과 포스트잇을 준비하고, 한 장에 하나의 키워드를 적어 벽이나 책상 위에 주욱~ 붙여놓고, 기승전결에 따라 순서를 바꿔가며 정리하는 편이 빠르다. 순식간에 깔끔한 밑그림이 완성된다. 낙장불입의 논리가 절대 적용하지 않는 '뗐다 붙였다' 포스트잇의 장점을 극대화하는 순간이다. 강의안을 만들거나 기사를 쓸 때도 생각 수세미를 포스트잇과 함께 한바탕 씨름하고 나면, 글을 쓰면서 초점이나 논제를 흐리지도 않고 강의 내용도 흐트러지지 않고 이어갈 수 있다. 미국의 유명 영화제작사인 픽사Pixar나 드림웍스Dreamworks의 그래픽 아티스트나 애니메이터들도 구상 단계에서는 오직 빈 종이와 연필로 각자의 생각 수세미를 풀어나간다고 한다. 그러니 조금 서툴고 익숙지 않은 작업을 진행한다면, 포스트잇은 좋은 해결사가 되어줄 것이다. 프레젠테이션을 만들 때도 한 슬라이드를 한 장에 대치시켜 순서를 정할 수 있고 중간중간 추가나 삭제를 통해 손쉽게 조절할 수 있다. 이 밑그림만 완성되면 절반의 성공이라고 해도 좋다. 또 그날의 해야 할 일 목록을 정리할 때도, 한 장에 모두 써넣지 않고 작은 사이즈의 포스트잇을 이용해 하나씩 적어두면 우선순위에 따라 뗐다 붙였다 조절할 수 있어 매우 유용하다. 꼭 한번 시도해보길 권한다.

드라마 〈이번 생은 처음이라〉에서 주인공 이민기는 옛사랑이 남기고 간 정현종 시인의 시집 한 권을 간직하고 산다. 책 속에는 떠난 연인이 남겨둔 포스트잇 하나가 붙어 있다. '이제 다시는 사랑 같은 거 하지 마. 넌 그럴 자격이 없으니까'라는 뾰족한 글과 함께. 여러 차례 미역국을 먹고서야 세상에 빛을 본 포스트잇이 자신의 몸을 빌어 이런 글을 남겼다는 사실을 알면 크게 분노할 듯하다. 뗐다 붙였다의 과정을 반복해도 끄떡없이 살아있는 그 힘을 제대로 쓰고 싶다면 감사와 사과, 격려, 칭찬, 응원으로 수놓는 일에 쓰자. 부디. 이것이야말로 이 세상 문구 계보에 큰 방점을 찍은 존재에게 경의를 표하는 유일한 방법이 아닐까.

몰스킨과 하드크래프트 케이스

몰스킨을
쓴다는 것

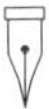

'몰스킨Moleskine'은 노트의 대명사로, 문구에 관심 있는 사람이라면 누구나 한 권쯤 소유하고 있다. 내가 몰스킨을 처음 만났던 시간으로 거슬러 올라가보니, 무려 16년 전이다. 그때 가장 힙Hip했던 동네 서래마을, 그 중에서도 힙했던 카페 '아프레미디'에서 첫 인연을 맺었다. 당시 외국에서 몰스킨을 보고 반한 주인이 카페 한편에 검은색 노트 매대를 세웠으니 국내 최초의 몰스킨 팝업 스토어이지 않았을까 싶다. 한눈에 봐도 제품 구성이 체계적으로 잡혀 있어 구경하는 재미도 쏠쏠했지만, 가지런히 꽂혀 있는 블랙의 시크한 유혹을 뿌리치기란 쉽지 않았다. 그렇게 구입한 먼슬리 다이어리 라지와 반 고흐 버전의 노란 패브릭 커버 포켓 노트, 아코디언처럼 펼쳐지는 아트플러스 재패니즈 앨범이 내 몰스킨 역사의 시작점이다.

구입할 때부터 익히 들었던 몰스킨의 히스토리는 글 쓰는 사람으로서 충분히 마음을 끄는 구석이 있었다. 이름만 들어도 누구나 아는 유명 작가와 화가들이 즐겨 썼다고 하니, 그들의 창의적인 DNA까지는 아니어도 같은 물건을 향유한다는 점에서 분명 동질감을 느끼고 싶을 테니까. 그러나 몰스킨의 위상이 높아지고 일반 문구 대열에 선 시점에 밝혀진 바로는, 몰스킨은 실제로 헤밍웨이나 고흐가 썼던 노트가 아니라 그들이 썼을 법한 노트의 정신을 잇는다는 묘한 뉘앙스로 포장된 제품이라는 것이다. 16년 전 회의나 미팅 중 꺼내는 내 몰스킨에 시선을 모으고 질문을 던지는 이들은 모두 하나같이 가격에 거품을 물었고, '무슨 그런 사치를…' 이라는 표정을 감추지 않고 드러냈다. 비록 사용자의 니즈를 정확하게 간파하고 만든 홍보 문구로 재탄생한 노트일지라도, 또 여느 노트와는 사뭇 다른 가격일지라도, 몰스킨을 선택한 것은 오로지 개인 취향을 기반으로 한 것이라, 16년이라는 긴 시간 동안 나의 문구 계보에 굵직한 자리를 담당하고 있다.

내 취향을 자극했던 몰스킨의 첫 번째 매력은 버라이어티한 카테고리 구성이다. 노트라 하면 그저 하얀 여백의 종이 뭉치로 일축할 수 있을 터인데, 골라먹을 수 있는 건 아이스크림뿐만이 아니라 문구도 해당된다는 사실을 알려줬다. 일정을 적는 다이어리나 캘린더도 월간·주간·요일별로 나뉘어 있고, 노트의 레이아웃 또한 깔끔한 '플레인Plain 타입'과 줄이 그어진 '룰드Ruled 타입'으로 선택 가능하다. 개인적으로 일의 성격상 이미지보다 텍스트에 집중하는 편이라 대부분 룰드 타입을 구입한다. 또 노트를 가지고 다닐 때 손에 잡히는 그립감에 따라 하드커버와 소프트커버를 고를 수 있고, 가방 사이즈에 따라 스몰과 라지 선택이 가능하다. 이쯤하면 마치 한 잔의 커피 주문만큼이나 복잡한 과정을 거쳐 사용자는 가장 최적화된 버전으로 골라 쓸 수 있는 셈이다. 뿐만 아니라 스케치와 수채화를 그릴 수 있는 아트 컬렉션부터 스마트 펜과 스마트 노트로 구성된 스마트 컬렉션에 이르기까지 사용 목적에 따른 전문성까지 갖추고 있다.

두 번째 매력은 시즌마다 신상을 선보인다는 점이다. 스페셜 에디션Special Edition이라는 이름의 신상은 이를 소유하고픈 인간의 욕구를 적절히 만족시켜줌으로써, 이미 소유한 몰스킨에 만족하지 않고 호시탐탐 새것을 갈망하게 만든다. 스페셜이라는 단어에 걸맞게 아날로그의 온도를 품고 있는 이들이 가장 좋아할법한 아이템과 최고의 조합으로 만들어내는지라, 안 사고는 못 배긴다. 비틀즈, 스누피, 스타워즈의 광팬이거나 슈퍼 히어로

와 바비인형 마니아라면 기꺼이 지갑을 열 수밖에 없다. 또 스페셜 에디션은 전 세계 동시 발매되어 손쉽게 구매각으로 이어지기도 하지만, 나라별 · 도시별 로컬 에디션의 몰스킨은 모르고 지나치는 것도 부지기수다. 그러다 보니 여행을 가게 되면 나도 모르게 몰스킨 좀비가 되어, 현지 매장을 어슬렁거리는 습관을 갖게 됐다. 그렇게 얻은 보물 중에는 홍콩 '상하이 탕Shanghai Tang' 버전도 있고, 띠별로 출시된 12간지 버전의 몰스킨도 있다. 누군가에게는 과한 노트 사치로 치부될 수 있으나 문구 덕후들에게는 반드시 득해야 할 특별판 노트인 것이다. 또 트레이드마크처럼 부착된 형형색색의 엘라스틱 밴드와 앞표지 안쪽의 '이 노트 주우면 내게 연락 줘. $OOO만큼 보상할게' 라고 적힌 백지수표, 그리고 뒤표지 안쪽으로 펼쳐지는 수납 포켓 또한 사랑스러운 몰스킨의 부산물이다. 한번은 편의점 계산대에 두고 온 적이 있는데, 착한 알바생이 앞쪽 백지수표(!)란의 적힌 전화번호를 보고 안전하게 내 품으로 돌려보내줬다. 안타깝게 미처 보상액을 써놓지 않아 주지도 받지도 않았지만 말이다.

세 번째 매력은 자꾸 무언가 쓰게 한다는 점이다. 손바닥 메모의 습관도 정식으로 몰스킨을 사용했던 시기와 맞물려 사라지기 시작했을 만큼, 쓰고 또 쓰는 행위를 반복하게 한다. 요즘은 디지털화된 메모·노트 앱을 쓰기 때문에 두 엄지만으로 끝나지만, 펜을 들어 몰스킨의 여백을 채우는 일은 열 손가락을 통해 뇌를 말랑말랑하게 만드는 일이기도 하다. 책을 읽다가 건져 올린 문장을 옮겨 적거나 수시로 머리에 떠오르는 아이디어와 아이템을 틈틈이 적어두면 나중에 유용하게 쓰이는 날이 꼭 온다. 이것은 진리. 그러나 이렇게 매력 넘치는 몰스킨도 반전 미움이 하나 있다. 바로 종이의 '질'이다. 70g/㎡의 아이보리색 중성지라는 점은 모두 동일하지만, 안타깝게도 만년필로 쓸 경우 잉크가 미세한 종이 결을 따라 스멀스멀 퍼진다. 진한 컬러의 잉크를 쓰거나 두꺼운 펜촉이라도 쓸라치면, 뒷장은 아예 넘겨보지 않는 것이 정신 건강에 이롭다. 개인적으로 사용해 본 결과, 잉크 흐름이 너무 좋은 펜은 일단 배제하는 것이 좋다. 몰스킨과 가장 친화력이 좋은 라미 사파리 EF촉을 쓰는 중이지만 이 조합이 반드시 맞다는 것은 아니다. 그러니 각자 몰스킨과 맞는 펜을 찾아 주력하면 된다. 또 같은 몰스킨이라도 어떤 노트는 유난히 심하게 퍼져 아예 사용할 수 없어 볼펜만 쓰는 노트로 전환하거나 앞면만 사용하고 뒷면은 그냥 여백으로 남겨두고 쓰는 경우도 종종 있다. 반면 어떤 노트는 꽤나 도톰해 글자의 비침까지 무난하게 소화해내기도 한다. 온갖 매력이 넘칠진대, 옥에 티 하나쯤은 보여도 안 보이는 척해 주는 중이다.

몰스킨 한정판은 샘플을 제공하지 않습니다.
(상품 훼손시 교환/환불 불가)
MOLESKINE
Ruled Notebook - Carnet ligné
Harry Potter
Limited Edition Édition Limitée
Harry Potter
MOLESKINE
SHANGHAI TANG
2013 Limited Edition
Ruled Notebook
MOLESKINE®
Legendary notebooks
몰스킨 한정판은 샘플을 제공하지 않습니다.
(상품 훼손시 교환/환불 불가)

FABRIC COVER
COUVERTURE EN TISSU
MOLESKINE
nomad
blend
COLLECTION
blend with the city
Ruled Notebook Carnet ligné
SHANGHAI TANG
2013 Limited Edition
Ruled Notebook
MOLESKINE®
Legendary notebooks
LIMITED EDITION

몰스킨을 한 권씩 쓸 때마다 차곡차곡 쌓아올리는 재미도 쏠쏠하지만, 한 권을 채워나가는 즐거움도 만만치 않다. 개인적인 사용법을 소개하자면 일과 관련된 사항은 맨 앞장부터 써나가고 책이나 드라마, 영화 등의 인용문이나 기억에 남는 문장은 맨 뒷장부터 역방향으로 쓴다. 이렇게 양방향에서 달려오다가 서로 얼싸안으면, 자연스럽게 한 권의 몰스킨이 완성되는 식이다. 이 방법을 쓰게 된 것은 적어둔 인용문이나 문장을 정작 필요해서 찾을라치면 노트를 꺼내 한 장 한 장 뒤적거려야 하기 때문이다. (기억하려고 적어둔 것을 어디에 적어뒀는지 찾지 못하는 기억이라니, 아 몹쓸 두뇌여.) 이렇게 앞과 뒤를 나눠 쓴 후부터, 뒷부분만 넘겨보면 되니 넘나 편한 것!

끝으로 몰스킨을 위한 호사를 하나 소개하면, '하드 크래프트Hard craft'사의 몰스킨 전용 케이스다. 그레이 톤의 펠트Felt천으로 제작된 이 케이스는 몰스킨과의 완벽 궁합을 자랑한다. 애플 제품의 케이스와 가방을 주로 제작하는 하드 크래프트의 이 케이스는 배보다 배꼽인 배송료를 물어가며 저 멀리 오스트리아에서 직구했지만 매우 만족하며 사용 중이다. 그렇게 많은 몰스킨을 가지고 있는데 왜 달랑 하나만 샀을까 하고 후회하지만, 오직 한 녀석에게만 집중하며 누리는 호사로 딱 좋다.

“내가 걸어온 길을 돌아볼 때 비로소 찍어놓은 점이 연결된다. 나아가 그 많은 점들이 모여 미래로 이어질 테니 믿고 전진하라.” 스티브 잡스Steve Jobs가 말했다. 몰스킨이 상술로 포장됐든, 종이 질로 구박을 좀 받든, 한 권씩 정복할 때마다 내 인생의 징검다리로 촘촘히 박히고 있다. 스티브 잡스의 말처럼 언젠가 뒤돌았을 때 무수히 펼쳐진 내 몰스킨들이 너울너울 날아올라 나를 응원하겠지. ‘잘 살았어, 계속 그렇게 살면 돼!’라고.

펠리칸 듀오 하이라이터 형광 만년필

내 인생의
찬란한 봄날

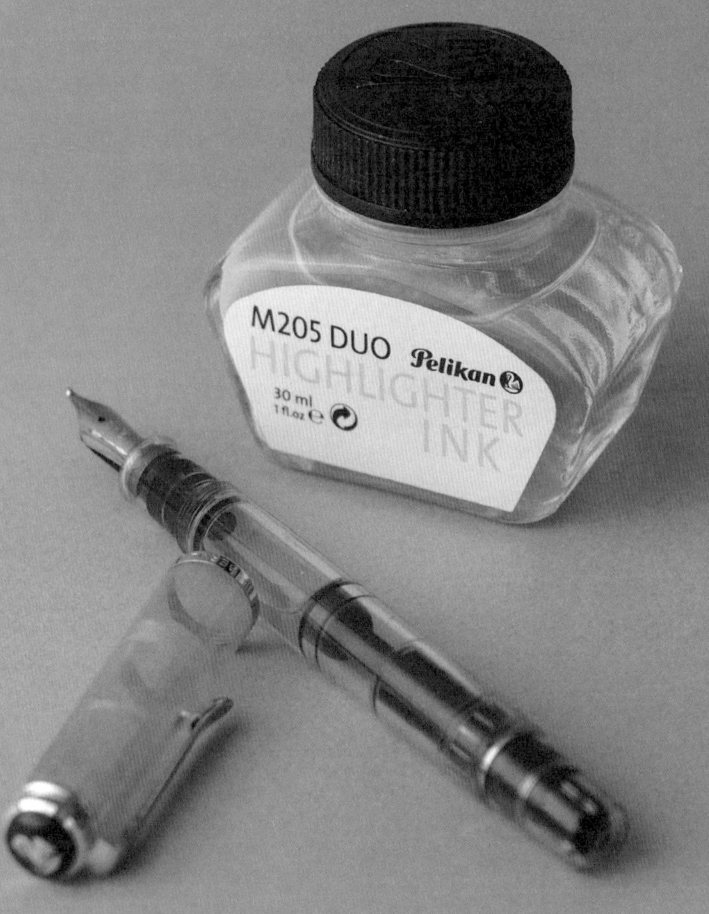

2019년의 패션 트렌드는 놀랍게도 '네온Neon'이었다. 소위 형광색으로 분류되는 노랑과 연두, 핫핑크가 패션 코드를 장악할 것이라고는 상상도 못했다. 안전을 위해 눈에 잘 띄는 용도로 특수 의복이나 액세서리 등에만 제한적으로 쓰이는 소심한 컬러였으니까. 그럼에도 거리를 활보하는 밀레니얼 세대들의 대표 의상으로 변신했으니, 참 인상적이고도 기이했다. 자신을 표현하는 일에 과감한 세대들에겐 사실 더할 나위 없는 컬러 코드였던 것이다. 괜한 오지랖이 발동해, 해질 무렵의 야외에선 틀림없이 날벌레들의 공격을 엄청 받겠구나 하는 잔걱정도 살짝 들긴 했지만. 2008년 노벨 화학상도 해파리에서 찾아낸 '녹색 형광'으로 생물학에 기여한 교수가 수상할 만큼, 형광물질은 미래를 이끄는 주요 분자 중 하나이기도 하다. 문구 분야에서도 일찌감치 '형광'을 수용함으로써, 형광펜의 세상을 연 지 꽤 오래다. 최초의 형광펜이 세상에 나온 것은 1900년대 초이고, 지금 우리가 흔하게 사용하는 형태의 형광펜이 양산된 것은 1970년대 독일의 문구 제조사 '스태빌로Stabilo'에 의해 시작됐다.

'마커Marker '혹은 '하이라이터Highlighter'로 불리는 형광펜은 우리 필통 속에서 꽤 많은 시분을 갖고 있는 필수 문구템이다. 팬덤으로 12색 컬러 세트를 지니는 것은 옵션이다. 책이나 필기사항 중 강조하고 싶은 부분 위에 표시를 해줄 목적으로 사용되는 형광펜은, 특히 시험을 준비 중인 수험생이나 고시생에게는 가뭄의 단비만큼 고마운 존재다. 까만 글자가 빼곡하게 담긴 책장을 쉼없이 넘기다 보면 글자 멀미에 시달린다. 이때 형광빛으로 꼭 필요한 단어와 글자에 에지를 더해주면 진정 효과가 꽤 있다. 더불어 머릿속에 각인시켜주는 시각적 효과까지 발휘한다. 그래서 형광펜은 초중고생을 포함한 학생부터 직장인에 이르기까지 폭넓은 팬층을 형성하고 있다.

여기서 한 가지 짚고 갈 사항은 야광과의 구분이다. 의외로 많은 사람들이 형광과 야광을 동일시 하지만 이 둘은 엄연히 다른 것이다. 형광은 빛이 있는 곳에서 빛을 반사하는 성질로 빛이 있어야 우리 눈으로 볼 수 있는 물질이고, 야광은 빛이 있는 곳에서 빛을 흠뻑 빨아들였다가 빛이 사라졌을 때 비로소 빛을 뿜어내는 물질이다. 빛을 쌓아두었다 하여 축광畜光이라 불리기도 한다. 어린 시절 야광 시계나 야광 신발이라도 득템하면 불을 끄고 구경하고, 한낮에는 이불을 뒤집어써가며 신기하게 들여다봤던 것은 결국 축광, 즉 야광을 즐겼던 것이다. 반대로 어둠이 아닌 밝은 세상에서도 즐길 수 있는 것이 바로 형광이다. 그러니 형광펜과 야광 제품들은 서로 다른 부류인 것이다.

투명한 듯하면서도 강렬함이 생명인 형광펜을 자세히 살펴보면, 팁 부분이 여느 펜과는 확실히 다르다. 넓고 얇은 팁 형태로 종이에 그렸을 때 두껍게 그려지고, 원하는 부분의 글자를 전체로 덮어 표현할 수 있다. 시각적으로 도드라져 보이는 것도 두께 덕분이다. 물론 요즘은 형광펜 제품이 다양해져 두께도 천차만별이지만, 형광펜 하면 뭐니 뭐니 해도 도톰한 라인을 그려주는 것이 제 맛이다. 팁 부분은 패브릭의 일종인 펠트Felt로 만들어지는데, 매직이나 마커펜과 같은 혈통이다. 펠트는 일반적인 패브릭같이 조직으로 짜인 것이 아니라 양모와 털 등을 압축해 두툼한 시트처럼 만든 원단이다. 형광펜은 이 펠트 팁을 통해 수성 형광 안료 잉크를 흡수해 뿌려주는 것으로, 최근 제품에는 펠트 팁과 나일론 팁이 두루 쓰인다.

STABILO
swing cool
STABILO
swing cool
STABILO
STABILO

형광펜은 이미 너무도 흔한 문구가 되어버린지라 무심하게 대할 때가 많지만, 무언가 중요한 부분에 형광색을 주욱~ 그을 땐 싸한 청량감으로 다시 형광펜의 존재에 감사하게 된다. 이 와중에 형광펜의 톱클래스를 만나면서, 절대적인 존재 가치에 무릎을 꿇게 됐다. '펠리칸 듀오 하이라이터 콜렉션Pelikan Duo Highliter Collection' 옐로우가 그 주인공이다. 무려 형광 만년필이다. 대형서점 문구 코너를 지나다 묵직한 컬러로 진열된 만년필 무리 속에서 엄청 튀는 색상 때문에 발길을 멈출 수밖에 없었다. 형광색 만년필이라니! 하는 마음으로 다가갔는데, 세상에 단순히 만년필 바디 컬러가 형광인 것이 아니라 형광색 전용 잉크를 넣어 쓰는 하이라이터 만년필이었다. 항상 펜을 저지를 때마다 엄청난 자기 합리화를 앞세우곤 하는데, 이번 경우도 예외 없이 '놀라워, 이건 혁신이야!', '어머, 이건 꼭 사야 돼!'(앞으로 계속 보게 될 어머 시리즈)를 외치며 지갑을 열었다. 이 만년필은 펠리칸의 클래식 'M205' 가문의 데몬 버전이다. 만년필 자체의 투명함으로 노란 형광색 잉크를 주입해도 컨버터 속까지 훤히 들여다보인다. 닙은 펠리칸에서 가장 두꺼운 BB촉으로, 형광펜만큼의 두께는 아니지만 만년필치고는 두툼하며 밑줄이 깔끔하게 그어지는 것이 특징이다. 그래서 요즘은 책을 읽다가 마음에 쏙 드는 문장을 만나면, 펠리칸 듀오 하이라이터로 정성스럽게 밑줄을 그어둔다.

가볍게 튀는 느낌이 아니라 조용하면서도 은근한 느낌이다. 형광 물이 든 예쁜 글과 문장들이 내 안으로 흡수된다고나 할까.

누구나 각자의 인생 속에는 형광펜으로 밑줄 긋고 싶은 찬란한 순간이 있다. 나도 가끔 '라떼는 말이야!'를 외치지만, 인생의 하이라이트는 절대 과거형이 아니라 현재 진행형이다. 청춘이나 리즈 시절은 흘러간 시간일 뿐, 생을 다하는 동안 우리의 인생 최고 기록은 끊임없이 갱신되기 마련이다. 먼저 표시해둔 형광색이 퇴색될 때, 또 다른 챕터에 더 또렷한 형광을 입히게 된다. 그리하여 형광이라는 물질이 원래 빛을 반사하는 것처럼, 인생 최고의 순간도 더 반짝반짝 빛을 발할 것이다. 쨍하고 해뜰날! 돌아온단다.♪♬ 필수 문구템, 형광펜을 상시 대기시키자.

만년필 잉크 세척

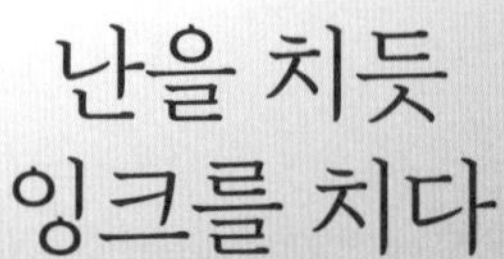

난을 치듯 잉크를 치다

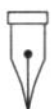

'난을 친다'는 말이 있다. '난초를 그린다'는 뜻이다. 이는 과거 조선시대 선비들의 취미 클래스 중 하나였다. 자고로 선비들이라 함은 인격을 수양하고 학문을 닦는 일에 매진하는 신분이었다. '엄친아'의 원조 격이기도 한 그들은 절개와 명예를 중요시했고, 이를 대표하는 매화 · 난초 · 국화 · 대나무 등 사군자를 하얀 종이에 그리며 몸과 정신을 가다듬었다. 즉 선비의 정신수양법 중 하나가 '난을 치는 것'이었다. 이 말에 영감이라도 얻듯, 언젠가부터 내게도 난을 치듯 '잉크를 치는' 습관이 생겼다. 잉크를 친다는 것은, 쓰던 만년필을 모두 꺼내 꼼꼼하게 세척을 하는 일련의 행동이다. 물론 아무 때나 하는 것은 아니다. 마음이 어수선하거나 머릿속을 정리하기 쉽지 않을 때 혹은 혼자만의 정신 수양이 필요할 때 이뤄진다. 그까짓 펜 하나 청소하고 잉크 넣는 일을 어디 감히 난을 치는 일에 비교하느냐고 하겠으나, 만년필 플렉스를 몸소 실천하다 보니 충분히 맞먹고도 남음이 있다.

만년필을 좋아하기도 하거니와 다양한 컬러의 잉크를 쓰다 보니, 두어 자루가 아니라 3~40 자루가 족히 넘는 만년필을 동시에 쓰고 있다. 어떤 날은 기분에 따라 색을 골라 쓰기도 하고, 일하는 프로젝트별로 다른 색을 쓰기도 하며, 종이 종류에 따라서도 선택하는 펜이 달라지기 때문이다. 이렇다 보니 유난히 애착이 가서 자주 쓰는 펜도 있고, 갑자기 애정이 식어 던져둔 펜도 있고, 별안간 꽂혀서 집어 드는 펜도 있다. 이때 무방비 상태에서 습격을 받은 만년필 중에는 잉크가 굳거나 펜의 피드feed가 바싹 말라 아예 나오지 않는 경우도 있다. 이럴 때 한꺼번에 세척을 시작하면 시간도 많이 걸리고 힘까지 든다. 그런데 반복하다 보니 이 비생산적인 노동이 은근히 잡념도 사라지게 하고 정신을 집중하는 데 이만한 것도 없겠다 싶었다. 그리하여 '잉크를 치는' 나만의 의식으로 자리잡게 된 것이다. 과거 선비들이 묵향을 맡으며 손끝의 붓자루에 의지해 난을 치는 마음이 이 마음이었으려니 싶다. 한 가지 일에 완전히 몰두하다 보면 자연스럽게 무념무상의 경지에 오르는 것은 진리일 테니. 또 새로운 계절을 맞이할 때 대청소로 분위기를 쇄신하거나 계절 옷을 정리하며 개운한 마음가짐을 가져보는 것과 같은 맥락이기도 하다.

이렇게 잉크를 치는 의식을 차례대로 소개하면 다음과 같다. 물론 지극히 개인적인 방식이다. 먼저 만년필의 캡Cap과 배럴Barrel을 분리하고 잉크가 채워지는 컨버터나 일회용 카트리지도 제거한다. 닙 부분을 흐르는 물에 씻는데 이때는 더운물보다 찬물이 좋다. 사용이 잦은 만년필은 비교적 잉크가 잘 씻겨 내려가지만, 잉크가 마르거나 굳은 경우는 좀 더 꼼꼼히 씻어야 한다. 스포이트 타입의 세척 툴을 컨버터 주입구 쪽에 끼워 여러 차례 물을 넣었다 빼주는 것으로 비교적 깔끔하게 씻어낼 수 있다. 간혹 지독하게 외면당해 닙 상태가 매우 불량하다면, 유리컵에 물을 받아 닙 부분을 담가두면 된다. 이런 복잡한 과정으로 수십 자루의 만년필과 씨름하다 보면, 머릿속까지 개운해진다. 이게 끝이 아니다. 깨끗한 티슈 위에 건져올린 닙을 줄지어 놓고 건조시킨다. 이때 펜촉 부분에 티슈가 살짝 닿도록 놓아두면 피드 쪽의 물기와 혹여라도 남아있는 잉크 잔여물까지 완벽하게 흡수시킬 수 있다. 한소끔 수분이 날아가면 골라넣는 재미가 있는 잉크 주입 시간이다. 한 만년필에 계속해서 같은 잉크를 넣기도 하지만 난을 칠 때 먹물의 농담을 조절하듯, 기분에 따라 계절에 따라 만년필의 상태에 따라 주입하는 잉크도 바뀐다. 신상 잉크를 구입했다면, 더더욱 신중하게 골라야 한다. 결정장애를 극복하고 인내

심을 키우며 끈기까지 갖춰야 하는 이 단계는, 정신수양의 핵심 과정이기도 하다. 어디 그뿐인가. 만년필과 잉크의 믹스매치 작업 후 잉크까지 채워 넣으면, 이제 비로소 절정의 시간이다. 쇼타임. 하얀 종이 위에 만년필을 하나씩 번갈아가며 잉크의 흐름을 확인하는 시간이다. 이것이 진짜 '잉크를 치는' 단계다. 용수철 모양으로 내달리거나 인피니티 모양의 라인을 부드럽게 그리면서 닙의 상태와 잉크의 흐름을 체크하는 것이 마무리 단계다. 이제 모두 끝났다. 주변에 널브러진 티슈와 하얀 시필지에 가득 채워진 형형색색의 잉크 자국, 잉크가 그려낸 패턴와 무늬는 이 길고 복잡한 노동에서 얻은 작품인 셈이다. (아, 제가 이 어려운 걸 또 해냈지 말입니다.)

사실 난을 친다는 것은 단순히 난초 그림을 그리는 것이 아니다. 벼루와 먹을 대하는 태도부터 붓과 종이를 다루는 몸가짐 그리고 숨을 고르며 선과 점, 면을 담아내는 마음가짐까지 육체와 정신을 하나로 모으는 행위다. 나 역시 만년필에 잉크를 들일 때 단순히 채워 넣는 것이 아니다. 펜촉을 타고 흘러 세상 밖으로 나와 자신의 생을 불태울 잉크를 귀히 다스리는 것이다. 근사한 단어로, 멋진 문장으로, 예쁜 그림으로 태어나게 될 잉크와 말이다.

MONT
BLANC

로트링 아트펜

그 인연은 언제부터였을까

'대체 왜 작가들은 하나같이 그 펜을 쓰는 거야?' 아이디어 회의가 끝날 때쯤 신기하다는 듯이 PD와 조연출이 던지는 질문. 당시 방송국에서 일하는 동안, 이 PD 저 PD에게서 수도 없이 들었던 말이다. 거짓말처럼 나를 비롯한 작가들 손에는 하나같이 '로트링 아트펜rotring Artpen'이 들려 있었다. 정작 그 펜을 쓰는 우리들은 PD처럼 궁금증이나 어떤 의문도 갖지 않았다. 왜냐하면 방송국에 들어가기 전부터 이미 선배 작가들이 쓰고 있었고, 배가 고프면 밥을 먹고 졸리면 잠을 자듯 여의도에 발을 들이고 대본을 쓰는 사람이면 로트링 아트펜을 소유해야 하는 것이었다. 저런 뜬금없는 질문을 받으면 아주 잠깐 '그러게, 왜지?' 싶다가도, TV는 물론 라디오국 작가들까지 쓰고 있는 것을 목격하면 궁금증 따위는 순식간에 사라졌다. 다만 나의 아트펜 역사의 첫줄은 또렷하게 기억한다. 서브 작가 시절 가장 먼저 눈에 띈 것이 메인 작가의 손에 들린 '아트펜'이었다. 이미 학창 시절부터 필기구 덕후였던지라 그 펜이 범상치 않아 보였고, 마음에 담아두니 그 펜이 나를 부르는 듯했다. 방송국 구내 문구점 진열대에서 그 펜을 발견한 나는, 동료 작가들과 함께 홀린 듯이 들어가 아트펜을 손에 넣었다.

로트링 아트펜은 신세계였다. 기존에 사용하던 만년필과는 또 다른 매력으로 필기의 즐거움을 주었다. 그저 펜 한 자루의 행복이 아니라 필통까지 따라오는 득템의 기회까지 제공했다. 여느 펜 포장과는 달리 제품 박스를 제거하면 로트링 로고가 박힌 실버톤의 틴 케이스를 마주하게 된다. 살짝 고백하면 나는 틴 케이스 성애자다. 소위 깡통 재질로 된 모든 것들을 버리지 못하고 쟁여 두고 산다. 특히 특정 제품의 케이스로 제공된 틴 케이스는 고유의 디자인이 프린팅되어 나름 소장 가치까지 있다. 초콜릿, 쿠키, 시계, 캔디, 영양제 등이 담겼던 온갖 종류의 틴 케이스들이 현재 나와 함께 나이를 먹어가고 있다. 사이즈도 다양해 수납용으로 사용하면 깔끔한 정리까지 가능하다. 단, 속이 보이지 않아 담아둔 내용물을 자꾸 까먹는 단점이 있긴 하지만, 스티커나 포스트잇으로 표시해 두면 된다. 아, 이야기가 샛길로 빠졌으니 원점으로 돌아와, 로트링 아트펜은 포장부터 틴 케이스에 열광하는 내 기호와도 맞아떨어졌다. 안에는 아트펜과 국제 규격의 작은 잉크 카트리지 2개가 함께 들어 있다. 무엇보다 아트펜은 잉크 카트리지 장착 후의 무게도 아주 가벼운 데다가, 필기감도 아주 보들보들한 편이다. 섭외 전화 도중 필기를 해야 할 일이 많은 내게, 아트펜은 빠르게 써내려야 하는 속도와 그 질감이 비례해 만족도가 높았다. 그래서 EF촉과 함께 F촉도 하나 더 구입해, 틴 케이스에 소중하게 담고 다녔다. 그러나 틴 케이스에 담긴 펜들은 걷거나 뛸 때 가방 속에서 달그락거리며 거슬리는 사운드를 만든다. 일득일실이로구나 싶겠으나 안경 천 클리너를 틴 케이스 안쪽에 깔아두면 이 또한 간단하게 해결된다. 또 하나의 장점을 든다면 긴 펜대 속에 문익점이 목화씨를 숨기듯 리필 카트리지를 하나 더 장착해 둘 수 있다는 점이다. 그렇게 나 역시 작가펜이라 불리는 아트펜의 대열에 합류했고, 하나의 의무이자 권리처럼 즐기게 됐다.

방송국에서의 그 시작점은 찾기 어렵지만, 아트펜의 뿌리와 탄생은 확실하다. 독일이 고향인 로트링은 제도 전문 브랜드로 1928년부터 명성을 날렸다. 그러나 CAD 등 각종 디지털 도구의 발전으로 결국 미국의 뉴웰 브랜즈Newell Brands에 인수되는 아픔을 겪었다. 뉴웰 브랜즈는 거대 마케팅·유통 전문 기업으로 우리에게도 익숙한 파커와 워터맨, 샤피, 다이모 등의 브랜드를 가지고 있다. 로트링은 인수 후에도 자체 아이코닉 제품을 비롯해 신제품까지 꾸준히 만들고 있다. 로트링의 로트Rot는 독일어로 빨간, 적색을 뜻하며 링Ring과 합쳐 '빨간 링'이라는 의미를 가지고 있다. 특히 1984년에 출시된 아트펜은 스타일 있는 글씨체를 쓸 수 있는 '캘리그래피Calligraphy' 전용 만년필이다. 일반적 필기 사용에 쓰이는 EF와 F닙뿐만 아니라 1.1밀리미터에서 2.3밀리미터에 이르는 다양한 펜촉으로 소위 '아트'를 펼칠 수 있다. 지금이야 '캘리그래피'라는 단어가 직업으로든 취미로든 꽤 익숙하지만, 1984년에 오로지 캘리용으로 출시되었다는 점은 눈여겨볼 부분이다. 이는 손글씨나 서체, 그림 등 핸드 아날로그 히스토리가 강한 서구인들의 문화가 엿보이는 부분이기도 하다.

나와 아트펜과의 인연은 이렇게 20년도 훌쩍 지난 일이다. 그때 구입한 로트링 아트펜은 여전히 나와 함께 나이를 먹고 있다. 로고 부분도 많이 지워져 흐릿하지만, 지금도 내 필기 생활의 든든한 조력자이다. 방송국에서의 첫 시작점은 미스터리지만, 돌이켜 추측해보건대 아마도 방송국 구내 문구점을 운영하는 분의 취향이 아니었을까 싶다. 개인적으로 좋아하는 펜을 진열대에 두고 한두 명의 작가들에게 소개하고, 그것이 일파만파 다단계로 퍼져나가 소위 '작가펜'으로 자리잡고. 아무튼 미스터리한 시작이었으나 아트펜과 함께 했던 나의 글과 기억들만큼은 분명하고 또렷하니, 이 자리를 빌어 그 문구점 주인분에게 소심한 감사를 전한다.

※아쉽게도 로트링 아트펜은 더 이상 틴 케이스가 제공되지 않는다. 프리즘 모양의 삼각형 종이 박스가 전부일 뿐. 하지만 아트펜의 성능은 그대로라는 사실!!

다이모 엠보싱 테이프 라벨 메이커

세상에 단 하나뿐인 물건 인증

즉석사진의 대명사 '폴라로이드Polaroid'는 세상에 단 한 장뿐인 사진을 만든다. 장윤현 감독의 영화 〈접속〉에서 수현으로 분했던 전도연의 낭낭한 목소리가, 폴라로이드의 셔터를 누를 때마다 귓가에 맴돈다. '오래 기다리지 않아서 좋다, 늘 약간 흐릿해서 좋다, 쉽게 구겨지지 않아서 좋다, 한 장밖에 없어서 좋다.'

e-편한 세상이 된 이후, 신형 폴라로이드는 블루투스로 스마트폰과 연결할 수 있고, 선명한 화질을 자랑하기도 하고, 필름만 있다면 원하는 만큼 사진을 뽑아내기도 한다. 온리원의 규칙이 깨지긴 했지만 묘한 인간의 심리는 못 즐기는 것에 대한 갈증이 있는 바, 오히려 구형 폴라로이드를 더 선호하고 즐긴다. 여전히 딱 한 장의 매력이 돋보이는 폴라로이드와 가장 잘 어울리는 액세서리를 꼽는다면 단연코 나는 '다이모DYMO'를 택할 것이다.

정사각형 프레임 안에 정사각형의 사진이 자리잡고 남은 하단에 날짜가 찍힌 다이모의 검정색 라벨이 붙으면, 그야말로 진짜 세상에 딱 한 장뿐인 '내 에디션'이 되니까.

다이모는 플라스틱 재질의 접착식 라벨 테이프에 알파벳과 숫자를 찍어 붙일 수 있는 스티커 라벨기다. '다이모'라는 이름 또한 호치키스Hotchkiss나 포스트잇Post-it처럼 독보적인 존재감을 고유명사화한 제품 중 하나다. 90년대 중반부터 폴라로이드 카메라를 사 모으고 이와 함께 써왔던 다이모를, 나는 개인적으로 문구 위의 문구로 분류한다. 즉석사진 촬영 후 붙이는 용도 외에도 노트와 자, 박스 등 수많은 문구 위에 이름이나 단어를 새긴 후 붙여 두었으니 일반 문구보다 한수 위가 분명하다. 또 지금은 음악을 디지털 파일로 감상하지만 CD를 잔뜩 사 모으던 시절에는 구입 날짜를 찍어 표시해 두기도 했다. 가끔씩 불쑥 튀어나오는 오래전 물건들에는 내 것임을 인증하는 다이모 검정 라벨 표식이 어김없이 붙어있다. 싸이월드 시절, 인터넷에서는 아기자기하게 꾸미는 트렌드가 유행하면서 견출지 대신 다이모가 인기를 누리기도 했다. 얼핏 보면 아이들 장난감 같은 귀여운 모양새지만, 신생아 시절의 다이모는 차가운 메탈 소재로 그 포스가 엄청났다. 1958년 다이모가 처음 생산된 것은, 그보다 23년 앞서 세상에 나온 접착식 라벨 테이프 덕분이다. 발명가 '스탠 에이버리 Stan Avery'는 그의 은사로부터 투자금을 받아 접착식 라벨 테이프를 성공적으로 완성했고, 이를 활용해 다이모가 등장하게 된 것이다. 초창기 큼직한 사이즈의 메탈 다이모는 산업 분야의 사업장과 사무실에서 혁혁한 공을 세웠고, 병원과 화원 그리고 가정까지 그 세력을 넓혀갔다. 파일 캐비닛 서랍 속의 탭과 명함 알파벳 탭을 정리하거나 병원 차트, 산업시설의 버튼, 아파트 우편함, 락커 문, 네임택, 진열대 상품 안내 등 원하는 문구와 단어를 써붙임으로써 확실한 시각 효과를 발휘했다. 이런 유용한 쓰임새를 거치고 거쳐 꾸미기와 장식의 목적까지 더한 다이모는 디지털 시대에도 꽤나 콧대가 높다.

'또깍이'라는 별명을 가지고 있는 다이모는 알파벳과 숫자, 기호가 촘촘히 박힌 다이얼이 부착되어 있고, 손잡이 부분에 접착식 라벨 테이프를 밀어 넣어 쓴다. 해당 문자를 선택한 후 악력기를 쥐듯 힘을 주면 또깍 또깍 테이프에 하얗게 엠보싱 처리된다. 플라스틱 소재의 테이프에 센 압력을 가해 해당 부위가 늘어나면서 흰색으로 표현되는 것이다. 그래서 이 테이프를 '엠보싱 테이프 라벨 테이프'라고도 부른다. 문자를 찍을 때 무엇보다 손잡이에 전해지는 힘 조절이 관건이다. 어설프게 힘을 가하면 얇게

STATIONERY/...
HAPPY_
WISE^^^
DYMO.
GREENDAY

올라온 엠보싱으로 글자를 알아보기 힘들고, 너무 세게 누르면 두껍게 올라온 엠보싱이 예쁘지 않다. 따라서 처음부터 끝까지 적절한 힘을 고르게 전달해 주어야 깔끔한 결과물을 얻을 수 있다. 또 양쪽 끝에 약간의 여유가 있어야 붙였을 때 완벽하므로 어느 정도 앞뒤 여백을 두는 것이 좋다. 가위 모양의 아이콘에 고정하면 테이프를 쉽게 자를 수 있다. 완성된 라벨 테이프의 뒷면을 제거한 후 원하는 곳에 붙이면 다이모 라이프를 즐길 수 있다. 여기서 끝이 아니다. 뒷면 접착 부분에 붙어있는 얇은 비닐을 제거할 때 모서리가 꺾여 라벨 테이프 완성품에 하얗게 흔적을 남겨 망치는 경우도 많다. 손톱이 짧거나 스스로 똥손이라고 판단되면, 앞서 언급한 것처럼 오른쪽 끝부분의 여백을 훨씬 더 많이 남긴 후 접착면 비닐을 떼어낸 후 여백을 잘라내는 순서를 권한다. 혹은 예리한 칼날을 사용하는 것도 좋은 방법이다. 현재 사용하고 있는 제품은 가장 기본형에 속하는 다이모 1880과 다이모 버디, 그리고 비즈니스형인 다이모 오메가 등 세 가지다. 하나만 사서 쓸 일이지 뭐 그리 욕심을 부리냐고 말하는 이들이 분명 있겠으나, 회심의 미소를 지으며 답하겠다. 다이모는 종류별로 찍히는 폰트의 모양과 간격이 다르고, 문자 휠에 표시된 활자들이 다소 차이가 있다. 다이모 오메가의 경우는 독일어에 사용되는 움라우트 활자와 유로 · 파운드 화폐 표시도 포함되어 있다. 사람들의 취향에 따라 표시 선호도가 천지 차이라 구입할 때 잘 고르는 것도 방법이다. 개인적으로 1880 버전을 애정한다. 소모품인 접착식 라벨 테이프는 다이모의 대표적인 검정과 빨강의 유광 타입이 널리 알려졌지만, 컬러와 무늬가 프린트된 디자인 버전과 무광 타입의 테이프 등 종류도 다양해져 용도별로 골라 쓸 수 있다.

이제 다이모는 세상 흐름의 속도에 발맞춰 열전사 방식의 라벨 프린터를 생산하고 있고, 맥과 PC 등의 장비와 연결해 같은 용도의 다양한 스티커 출력을 할 수 있다. 하지만 다이모의 맛은 뭐니 뭐니 해도 손으로 또깍또깍 찍어가며 원하는 문구를 만들고 뒷면의 비닐을 공들여 떼어내 붙이는 수고가 있어야 제맛이다. 오죽하면 글자 폰트 중에 다이모 서체가 등장하고, 사진 후반 보정에 다이모 글자 넣는 노하우까지 인기를 모으겠냐 말이다. 다이모의 검정 라벨이 붙은 세상에 단 하나뿐인 내 물건들, 폴라로이드 말고도 잔뜩이다.

다이모, 널 칭찬해.

밀란 지우개

실수를
감싸 안아주는 친구

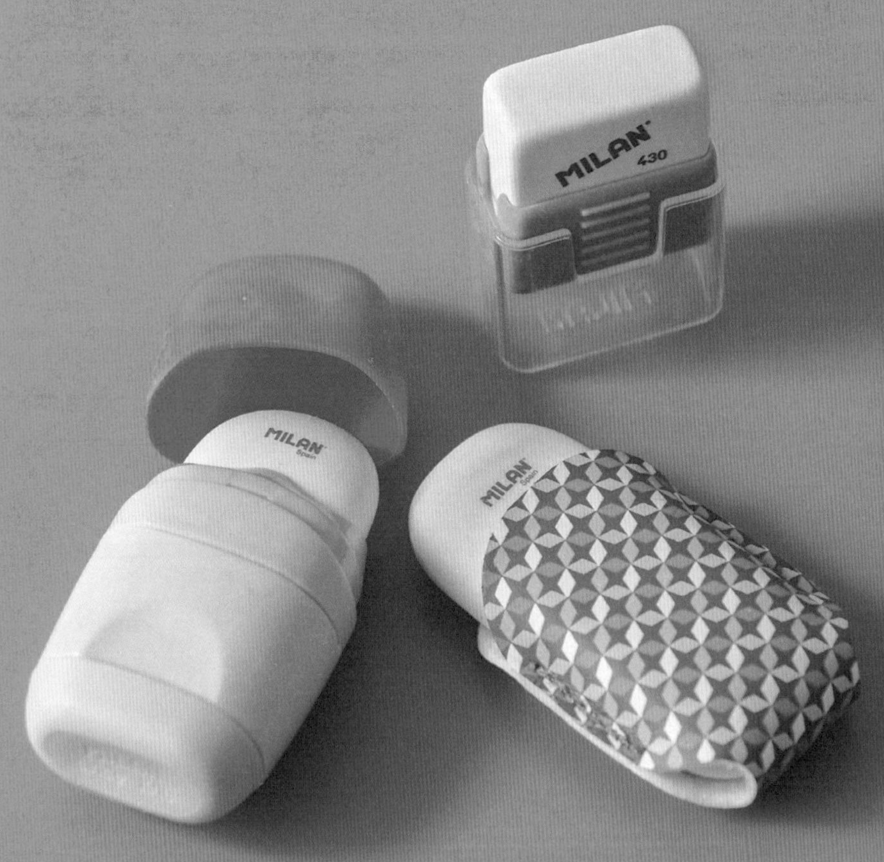

잠을 청하려고 눕는 순간, '이불킥'했던 사연은 누구나 하나쯤 가지고 있다. '자다가 이불킥'이라는 말은 관용어구로, 어떤 해프닝을 떠올리다가 '다하지 못한 말과 행동에 대한 후회 혹은 부끄럽고 창피했으나 꾹꾹 눌러 담은 감정이 갑자기 쓰나미처럼 몰려와 울컥하는 순간'을 빗댄 말이다. 누구에게 말하기는 창피하고 혼자만 담고 있으려니, 쉬 가시지 않는 그런 상황은 성능 좋은 지우개로 박박 지워버리고 싶은 마음이 굴뚝이다. 이불킥의 사연자로 이보다 더 적합한 사례가 있을까 싶은 인물 하나를 소개하자면, 바로 영화 〈더 스토리: 세상에 숨겨진 사랑The Words〉의 주인공 로리(브래들리 쿠퍼 분)다. 물론 영화 속에 등장하는 허구는 죄다 이불킥할 사연이 아니냐 하겠으나 일단 한번 들어보라. 로리는 재능과는 거리가 먼 작가 지망생이다. 매일 써내리긴 하나,

번번이 출판사에서 거절당하고 생활마저 궁핍하다. 겁 없고 무모한 청춘인 그는 사랑하는 여인과 결혼까지 감행하고 신혼여행 중 빈지티샵에서 아주 낡은 가죽가방 하나를 득템한다. 그리고 가방 안쪽 깊숙한 포켓에서 원고 뭉치를 발견한다. 그는 홀린 듯 타자기로 찍힌 활자들이 가득 찬 원고를 단숨에 읽는다. 이 무슨 운명의 장난이란 말인가. 가슴 저린 러브 스토리에 푹 빠져버린 그는, 자신의 노트북을 열고 익명의 원고 내용을 그대로 옮겨 딤는다. 곧 그는 내로라하는 베스트셀러 작가로 전 세계에 이름을 날린다. 부와 명예를 누리게 된 로리는 일말의 죄의식도 없이 모든 것을 즐기지만, 세상이 어디 그리 녹록하겠는가. 어떤 감독이 또 이야기를 그리 심심하게 끝내겠는가. 급기야 원고의 주인인 올드맨이 로리 앞에 나타나, '그것은 내 이야기야.' 라고 일침을 가한다. 아, 그 순간 로리의 표정은 이불킥이 다 무어야, 우주킥까지 돌려 차도 모자랄 부끄러움으로 일그러진다. 글 쓰는 사람으로서 나 역시 누군가 쓴 단어 하나 문장 하나가 얼마나 힘겨운 것인지 알기에 섣불리 베끼거나 긁어다 쓰는 행위를 살인보다 더 무거운 죄로 간주한다. 하물며 이는 영화 속 허구의 상황이라도 보는 내가 부끄럽고 또 부끄러웠다. '그건 내 이야기야'라는 말을 듣는 순간, 내 얼굴도 후끈 달아올랐으니까. 할 수만 있다면 지우개를 쓱 꺼내 그 시간을 통째로 지워버리고 싶을 테고, 얼굴이라도 지워 투명하게 만들어버리고 싶었을 듯하다. 그뿐인가, 당장 노트북의 원고 파일을 열어 삭제 키를 누르는 일도 마다하지 않았을 것이다. 진짜 아주 잘 지워지는 지우개가 있다면 더 좋고.

지우개는 필통 속에서 필기구를 보필하며 안주인 역할을 톡톡히 한다. 하늘이 내려준 인연으로 연필과 백년가약을 맺은 데다가, 개떡같이 써내려도 찰떡같이 지워주는 눈치 백단의 문구다. 지우개의 뿌리는 고무에서 시작하지만, 탄력과 신축성이라는 장점보다 기온에 따라 형태 변화가 심하고 독한 냄새가 난다는 단점 때문에 플라스틱으로 옮겨갔다. 체코의 유서 깊은 문구 브랜드 '코이누르Koh-i-noor'의 코끼리 지우개는 아직도 천연 고무를 이용해 만들긴 하지만, 현재 우리가 쓰는 대부분의 지우개는 플라스틱을 원료로 만든다. 대신 딱딱한 플라스틱을 말랑하게 만들어 주기 위해 첨가되는 화학제로 유해성 논란이 계속되고 있다. 그래서 최근 출시되는 지우개는 프탈레이트 프리와 라텍스 프리의 표시를 부착한 안전 지우개도 많이 나오니 구입 시 확인하는 것이 좋다. 라떼는 말이야! 지우개를 두어 번만 써도 쪼개지기 일쑤고 너무 거칠어 종이에 구멍을 내는 일도 다반사였다. 요즘은 더스트 프리라고 지우개똥도 깔끔하게 처리되지만, 거의 파우더 수준으로 잘게 흐트러진 가루들이 사방에 날렸다지. 그래서일까! 어린 마음에도 영 마음에 안 들었는지, 내 지우개는 연필로 쿡쿡 쑤셔 넣은 구멍 자국이 수두룩했다. 하지만 지우개의 본분은 사용자가 지우고 싶은 것을 말끔하게 청소해 주는 일로, 재료와 상관없이 기능을 잘 수행하는 편이다. 연필은 종이의 미세한 섬유질 틈에 흑연 파우더가 흩뿌려지는 형태로, 흡착력이 좋은 지우개와 만나면 흑연을 쏙쏙 빨아들여 지우개똥 속에 감싸는 것이다. 반면 잉크나 볼펜을 지워주는 특수 지우개는 종이 위의 잉크를 긁어내는 것이니 결국 종이를 깎아내는 것으로 일반 지우개와는 원리가 다르다. 연애편지를 쓰다가 틀리면 지우개로 깨끗이 지울 수도 있고, 수학 문제를 풀다가 삼천포로 빠져도 지우고 다시 도전할 수 있는 기회도 있다. 그래서 지우개는 여느 문구와는 달리 그저 품고만 있어도 적잖이 마음의 위안이 되고, 큰 실수를 저질러도 '괜찮아, 그럴 수 있어.' 하고 토닥거려 주는 친구 같은 느낌이 든다.

밀란Milan 지우개에 눈독을 들이기 시작한 것은 순전히 그런 이유에서였다. 친구 한 명 더 두면 좋지 아니한가, 위로도 더 많이 받을 수 있을 테니. 문제는 콧대 높은 밀란의 신상 지우개들은 이미 몸값부터 달라, 눈 질끈 감고 집어 들거나 나비같이 날아올라 벌처럼 쏘아 올리듯 과감한 클릭질을 해야 한다. 밀란은 스페인의 유서 깊은 문구 브랜드로, 1918년 합성 고무로 만든 연필용 지우개가 첫 시작이었다. 무려 100살이 넘는 '찐'지우개 가문인 셈이다. 자신들의 역사를 스스로 '언이레이저블 히스토리 Unerasable history'라 칭하며 프라이드를 내세우는 것도 십분 이해가 된다. 일찌감치 공장을 차려 기계화에 성공한 밀란은 지우개 수출을 시작했고 1964년 플라스틱 기반의 지우개 '나타Nata 624'를 처음 선보였다. 부드럽고 다목적으로 두루 사용할 수 있는 나타 시리즈는 종이를 상하게 하지 않아 지금까지 사랑받는 클래식 지우개다. 합성 고무와 비연마 플라스틱, 경도에 따라 다양한 라인을 갖고 있는 밀란의 지우개는 학용품의 일반 용도부터 뜯어서 필요한 만큼 쓸 수 있는 그래픽 전문 용도까지 사용 목적에 따라 골라 쓸 수 있다. 밀란의 지우개 카탈로그는 흡사 한 권의 패션지를 보는 듯하며 소확행이 아닌 '대확행'을 실천하게 만든다. 또 지우개 가문답게 각종 필기구에 지우개를 색다르게 접목해, 샤프 펜슬 하나로 연필과 성능 좋은 지우개를 동시에 쓸 수 있는 편리함까지 누릴 수 있다. 시즌마다 쏟아져 나오는 밀란의 신상 지우개 앞에서 하염없이 무너져 내린 나는 지금도 수집을 게을리하지 않는다. 밀란의 지우개 성능은 어떠냐고? 당연히 좋지! 라고 단언하고 싶은데 잘 모르지. 누군가 스니커즈에 열광하며 신기 위함이 아니라 진열하기 위해 사듯, 나 역시 밀란 지우개

Mini
Cleaner
MIDORI

는 지우기 위함이 아니라 모셔 놓고 눈으로 즐기기 위함이니까. 최소한 가장 저렴한 녀석으로 하나 써본 것이 전부이며, 일상에선 무난한 파버 카스텔Faber Castell 지우개를 주로 쓴다.

또 지우개 사용에 있어 반드시 필요한 것은 아니나, 호모 파베르Homo Faber의 유전인자를 지닌 문구 덕후라면 도구 하나 더 추가해도 좋을 듯하다. 미도리 미니 클리너Midori Mini Cleaner'다. 지우개가 열심히 일하고 남겨둔 지우개똥을 깔끔하게 쓸어담는 청소기다. 자동차 안쪽에 앙증맞은 빗자루 두 개가 달려 있어 자동차를 밀면 쓱삭쓱삭 쓸어담는다. 앞서 자랑질한 밀란 지우개는 먹은 것도 없이 엄청난 양의 지우개 똥을 가루 타입으로 뿜어내는 만큼 미니 클리너가 필수다. (아, 아끼는 것이 아니라 안 쓰는 것이라는 밀란의 불편한 진실.) 하지만 최근 지우개는 더스트 프리Dust-Free 타입으로 지우개 가루가 거의 나오지 않고 하나로 뭉쳐져 수습도 간편한 편이긴 하다. 그래서 미니 클리너 자동차의 주행거리도 예전보다 훨씬 짧아져 노동량이 줄었으며, 넓은 빗자루로 업그레이드된 미니 클리너가 출시돼 한 대 더 뽑았다. 지우개똥뿐 아니라 책상 위 작은 먼지나 티끌 제거용으로도 유용해 즐거운 데스크템으로 권할 만하다.

자, 이제 다시 영혼과 양심을 판 베스트셀러 작가 로리에게로 돌아가보자. 이불킥도 모자라 지우개로 싹싹 지워버리고 싶을 만큼 자괴감에 빠진 그는 올드맨을 찾아가 그동안 벌어들였던 부와 명예를 반납하려 한다. 또 진실을 세상에 알려 모두 되돌려 놓겠다고 하지만, 올드맨은 손사래를 친다. 아이고, 부질없다는 뜻이다. 이야기 속에 담겨 있는 자신의 슬픈 사랑이 모두 흘러가버렸듯, 이 모든 것도 그저 흘러가는 것임을 전한다. 그렇다, 세상엔 지울 수 있다고 해서 지울 수 있는 것은 없다. 종이 위에 써내린 것들이야 언제든 주워 담을 수 있지만, 각자 저마다의 인생 위에 써내린 것은 절대 지워지지 않는 법이다. 그러니 말 하나, 행동 하나 조심스럽게 내딛어야 함을 기억하자. 지우개는 지우개일 뿐이다.

사실 지우고 싶은 순서로 따지면 사랑과 이별이 1순위인데 왜 지우개 편에서 그 얘기는 누락됐느냐 묻는다면, 사랑과 이별은 깔끔하게 지워버려야 할 것이 아니라 또 다른 사랑으로 예쁘게 치유해야 하는 것이므로, '수정테이프' 편에서 깊숙이 다루겠다고 답하겠다.

다이소 벚꽃 에디션 필기구

최고의 가성비,
설레는 가심비

집밥을 싫어하는 사람은 없다. 갓 지은 쌀밥 한 공기에 조물조물 무친 나물과 간장에 조리거나 볶은 밑반찬 두어 가지만 있어도 맛나고, 찬밥에 보글보글 끓인 김치찌개 하나만 있어도 든든하다. 특별한 메뉴 없이도 집밥이 맛있는 이유는 '엄마'와 '집밥'이 동격이기 때문이다. 또 지나치게 단맛과 짠맛 일색인 식당을 피하다 보면 자연스럽게 편안한 가정식 백반이나 집밥을 하는 곳으로 찾아가게 마련이다. 그래서 나름 지역별로 찾아낸 나만의 밥 지도를 하나 품고, 활동 범위에 따라 비교적 가까운 집밥을 선택하는 편이다. 분명 서로 다른 집인데 신기하게도 공통점이 있다. 정갈하고 푸짐하고 맛있고 또 한결같다. 누군가에게는 평범한 밥상이겠으나 내게는 과식을 하게 만드는 힘이 있고, 많이 먹어도 속이 하나도 부대끼지 않는다. 안타까운 점은 이 귀한 나의 식당들이 하나둘씩 사라지고 있다는 점이다. 최신 버전의 내 집밥 지도에서 벌써 3군데나 사라지니 나라를 잃은 상실감이 이만할까 싶다. 아마도 착한 가격 때문일 것이다. 수익과 월세 사이의 괴리를 버티지 못했음이 분명하다. 솔직히 집밥은 들이는 정성과 노력에 비해 상대적으로 가격이 착한 편이다. 그 덕분에 엄마가 그리운 이들과 주머니 사정이 녹록치 않는 이들이 배불리 한끼 식사를 할 수 있다. 그래서 나는 집밥 식당의 한끼 식사를 가성비 끝판왕이라고 부른다. 거친 세상에서 하루하루를 견디는 우리는, 엄마의 한상 차림에 착한 가격이라는 가성비를 넘어 가심비까지 누릴 수 있음에 감사한다. '가심비'는 가성비에 마음의 만족도까지 포함한 뜻이다.

문구계에서도 가성비와 가심비로 프로문구러의 취향을 저격하는 아이템이 수두룩하다. 사실 문구는 명품이라 불리는 고가의 제품이 카테고리별로 수두룩하고, 수많은 문구 마니아들이 셀러브리티급 문구를 득템하기 위해 아낌없이 지갑을 연다. 음식으로 따지면 파인 다이닝이나 인스타그램의 소위 입소문(만)으로 줄서서 먹는 맛집 정도가 되겠다. 반면 어린 시절 학교 앞 문방구에서 적은 비용으로 기분과 마음을 모두 충족시켜주는 것 또한 문구였다. 클래식 필수 문구류의 대부분은 지금까지도 배송료가 더 비쌀 만큼 여전히 착한 가격대에 머물고 있다. 지난해 봄, 최고 칭찬하는 '가심비' 문구를 만났으니 다이소Daiso에서 발견한 '벚꽃 에디션 만년필과 붓펜 캘리그래피 세트'가 그것이다. 생일이 다가올 즈음 한 친구가 문구 쇼핑을 제일 좋아하는 나를 커다란 다이소 매장으로 데려가 원하는 문구를 모두 담으라 했다. 세상에, 이런 생일 선물이라니! 신나게 문구 섹션을 누비던 중 벚꽃 에디션으로 가득한 특별 코너에서, 이 펜 세트를 찾아낸 것이다. 다이소의 가격 표시는 또렷하게 검정색으로 표시되어 있어 안 보려야 안 볼 수 없는 상황, 스스로 눈의 의심하지 않을 수 없는 가격이었다. 단돈 2,000원. 성능은 일단 미뤄두고 연한 분홍빛에 하얀 꽃송이가 그려진 만년필과 투명한 캡과 바디를 통해 잉크 색상이 비치는 붓펜은 이미 비주얼로 나를 제압했다. 세상 어느 것보다 배부른 문구 쇼핑을 마치고 돌아와 문득 펜을 개봉하기 위해 집어든 순간, '나오긴 할까?' 아주 잠시 오만한 생각을 가졌던 것 같다. 어떤 필기구든 구입 후 첫 시필의 시간이 가장 중요한 만큼, 마음을 가다듬고 모나미 잉크 카트리지를 끼웠다. 잉크 컨버터 포함 여부를 묻는다면 개당 1,000원에 해당하는 만년필에게 매우 무례하고 끝도 없는 도둑놈 심보라고 명명하겠다. 펜촉의 상태를 믿을 수 없는 상태라, 일단 저렴한 버전의 잉크 카트리지를 꽂았다. 시필지에 둥근 포물선을 길게 펼쳐나갔다. 오 마이 갓! 당황스러웠다. 거침없이 원샷 원킬로 선을 만들어내는데

MOLESKINE
SAKURA LIMITED EDITION
さくら 限定版
RULED NOTEBOOK

MIDSUMMER'S PEACH
Decaffeinated Black Tea
HT
5 Tea Sachets • Net Wt .4 oz
HARNEY & SONS FINE TEAS
STABILO swing cool

섬세하게 부드러웠다. 대체로 값싼 펜촉에서 나타나는 거친 기운도 없었고, 잉크의 흐름도 균일했다. 손에 감기는 그립감과 플라스틱 재질도 거슬림이 없었다. 이리듐이라고 표시된 펜촉은 대략 F촉 굵기에 가까웠고, 캡과 바디 부분도 완벽하게 잘 맞았다. 붓펜 또한 모 끝이 잘 빠져서 획 삐침이 예쁘게 표현되고, 잉크 컬러도 눈으로 본 붓모의 색과 거의 일치하는 핫 핑크였다. 두 펜 모두 필기하는 동안 분홍 펜대에 그려진 벚꽃에 마음이 다 살랑거렸다. 얘들아, 미안해. 아주 잠깐 2,000원이라는 선입견으로 판단하고 의심했던 것이 부끄러웠다. 경험해보지도 않고 비뚤어진 마음으로 감히 '가성비와 가심비 모두를 훌쩍 뛰어넘는' 벚꽃 에디션 만년필과 붓펜 캘리그래피 세트를 판단하다니. 한낱 사물 앞에서 심오한 세상을 배웠으니, 남은 일은 이 두 펜이 벚꽃길만 걸을 수 있게 예쁜 글과 그림으로 보답하는 것뿐이다.

혹 아직은 프로문구러의 세상에 진입하지 않은 '초보문구러'라면, 작은 투자로 구입 가능한 것들부터 하나씩 경험할 것을 권한다. 첫 차를 구입할 때도 중고차부터 시작해 마음의 부담을 줄이고 운전 실력을 찬찬히 쌓아가는 것처럼, 문구도 가볍게 도전하는 것이 중요하다. 자신만의 사용 용도를 파악하고 또 필기구와 궁합을 맞춘 후 고급 버전으로 진입해 보자. 후회 없는, 슬기로운 문구 생활이 될 것이다.

까렌다쉬 네스프레소 볼펜 · 오본 레인보우 뉴스페이퍼 펜슬

지구야,
널 한없이 사랑해

매일 아침 눈을 뜨면 제일 먼저, 네스프레소Nespresso 커피머신의 예열 버튼을 켠다. 좀비처럼 캡슐을 집어넣고 향과 함께 크레마 가득한 커피 영양제 한 사발을 들이킨다. 그래 이 맛이야. 비로소 아침을 온전하게 시작한다. 이 평범한 일상의 이면에는 불편한 진실이 숨어 있다. 알루미늄과 플라스틱 재질의 커피 캡슐은 커피의 신선도와 편리함에서는 우수하나, 환경을 고통스럽게 하는 쓰레기 중 하나다. 150년 전 굶어 죽어가는 어린 아기들을 위해 최초로 가루형 분유를 만든 '네슬레Nestle'의 출발과는 사뭇 다른 양상이지만, 지금은 캡슐 수거봉투를 무료로 배포하고 회수하는 도어 스텝 서비스를 비롯해 커피 찌꺼기와 알루미늄을 재활용하는 데 매년 4,000만 스위스 프랑을 투자하는 등 리사이클링 노력도 아끼지 않는다. 하루에도 여러 개의 캡슐 쓰레기를 발생시키고 있다는 무거운 죄책감에 커피맛이 다소 감소되려는 찰나, 귀가 번쩍 뜨이는 소식이 들려왔다. 알루미늄 캡슐 재생 펜. 놀라운 조합이었다. 필기구 명가인 '까렌다쉬Caran d'Ache'와 손잡고, 버려진 알루미늄 캡슐을 재사용해 까렌다쉬의 시그니처인 '849 볼펜'으로 부활한 것이다.

까렌다쉬로 볼작시면 스위스 제네바에서 탄생한 고급 필기구 브랜드로, 100년도 훌쩍 넘는 역사를 지닌 기업이다. 말이 100년이지 강산이 열 번도 넘는 시간동안 한 우물만 팠다는 뜻이다. 최근 인기몰이 중인 클러치 펜슬의 모태라고 할 수 있는 픽스펜슬Fixpencil을 처음 선보였고, 물을 사용할 수 있는 수성 색연필 프리즈말로Prismalo를 최초로 만드는 등 문구사에 혁혁한 공을 세우기도 했다. 까렌다쉬란 이름 또한 러시아어로 '연필'이라는 의미라니, 연필사에 한 획을 더한 것은 분명하다. 1969년 픽스펜슬의 육각형 바톤을 이어 출시했던 849 볼펜이 바로 네스프레소와 인연을 맺은 펜이다. 849 시리즈는 반듯한 육각형의 바디와 클래식한 스틸 클립, 푸시 버튼이 디자인의 전부다. 출시부터 지금까지 이 모델이 사랑받는 이유는 웰메이드 디자인의 강점을 모두 지닌 이 극도의 미니멀리즘 스타일 때문이다. 딱히 첫눈에 반하지는 않지만 눈에 익으면 그것만 찾게 만드는 매력은 새롭게 옷을 갈아입는 마케팅으로 마니아들을 사로잡았다. 849 펜은 진즉부터 알렉산더 지라드와 폴 스미스 등과의 컬래버레이션으로 다양한 한정판을 만들었고, 여기에 리사이클링 캡슐 버전을 하나 더 추가했다. 이제부터 '글로만 언박싱'을 해보면, 네스프레소 캡슐 에디션 849는 박스부터 남다르다. '얘는 네스프레소 캡슐이었어This was a Nespresso capsule'라는 문구로 자신의 출신 성분을 정확하게 밝히고 박스 가운데 부분이 캡슐 모양으로 뚫려 있다. 호기심을 참지 못해 캡슐을 하나 끼워보니 실제와 비슷한 사이즈다. 커피 강도 11의 다르칸 캡슐을 재활용한 이 펜은 다크블루 색상을 그대로 살렸고, 알루미늄을 재가공한 결과 무광에 펄 느낌이 나며 여느 849와의 촉감과는 또 사뭇 다르다. 상단의 푸시 버튼을 눌러 밀려나온 콘 타입의 볼펜 촉과 첫인사를 나눴다. 여기서 849의 특징을 하나 더 공개하면 푸시 버튼 방식이긴 하나 소리가 나지 않는다는 사실. 조용한 회의나 미팅 중 볼펜 딸깍거리는 소리로 주변의 원성을 산 적이 있다면 반드시 써볼 것. 노이즈에 민감한 나도 아주 높이 평가하는 부분이다. 가장 중요한 시필 시간, 말할 필요도 없는 골리앗 M 볼펜심의 노련한 롤링 맛이 전해진다. 촉감도 말랑말랑한 마시멜로 같다. 이는 회전력 좋은 까렌다쉬 골리앗 볼펜심의 특징이며 무려 한 개의 볼펜심으로 A4 600여 장에 해당하는 8,000m의 필기가 가능하다. 이는 현존

하는 볼펜심 중 가장 강력한 기록이다. 또 볼펜이 담겨 있던 포장재도 골판지로 접착제를 전혀 사용하지 않았으며, 접혀진 포장을 펼치면 한 개의 캡슐이 한 자루의 볼펜으로 거듭나는 과정을 연상케 한다. 어떤 이는 이 포장재를 펼쳐 크리스마스 난로 장식용으로 쓴다고 한다. 박스 사이드의 시리즈1Series No.1이라는 숫자가 예사롭지 않더니 카키색의 인디아 캡슐과 보라색의 아르페지오 캡슐까지 속속 추가되고 있다. 우리가 쓰는 일회용 필기구 또한 엄청난 플라스틱 쓰레기를 쏟아내는 것을 감안할 때 알루미늄 캡슐과 리사이클링 볼펜의 컬래버레이션은 커피와 필기구를 소비하는 내게는 숙명의 제품이다. 잘 써지는 펜 속에서♪ 네 커피향이 느껴진 거야.♬

이렇게 친환경을 표방한 문구들이 서서히 늘어나는 것은 반가운 일이다. 하지만 세상을 앞서가는 누군가는 20년 전에 실천하기도 했다. 말레이시아에 기반을 둔 문구 브랜드, '오본O'Bon'이 그 주인공이다. '에코 프렌들리Eco Friendly'를 수식어로 달고 시작한 오본은 전 세계에서 매일 버려지는 신문을 활용해 연필을 만들어 주목을 받았다. 10년 전 교보의 문구 코너에서 화려한 프린트와 재활용이라는 특이한 설명에 구입했던 연필이, 바로 오본의 '레인보우 뉴스페이퍼 펜슬Rainbow Newspaper Pencil'이다. 나무를 쓰지 않는다는 점도 훌륭하지만, 신문으로 탄생시킨 이 연필은 나무보다 내구성도 높아 떨어뜨렸을 때 쪼개지거나 심이 부러지지 않는다. 또 연필 깎을 때도 부드럽게 깎이고, 연필깎이의 부산물은 신문의 활자와 사진들이 뭉쳐져 나와 근사한 미술 작품이 되곤 한다. 2B의 강도를 가진 이 연필은 종이 재질임에도 쉽게 젖지 않으며, 인체에 무해한 제품이라 아이들도 안전하게 쓸 수 있다. 전해지는 바에 따르면, 1장의 신문으로 6자루의 오본 연필을 만들 수 있고 1톤의 신문으로 무려 180,000자루의 연필이 가능하다니, 재활용의 힘은 무한한 듯하다. 이 뜻깊은 연필을 아껴가며 잘 쓰고 있지만 안타깝게도 더 이상 보기 힘들어졌다. 온라인 시대에 접어들며 신문 소비량이 급격하게 준 영향은 아닐까 하는 것이 개인적인 생각이다. 남은 연필은 포스트잇 블랙과 함께 내 문구사의 보존을 위해 남겨두어야겠다.

알고 보니 네슬레의 리사이클링 프로젝트는 까렌다쉬 849 볼펜뿐이 아니었다. 스위스를 상징하는 다수의 제품들과 컬래버레이션을 진행해 자전거 브랜드 '벨로소피Velosophy'와 커피 캡슐 버전의 리사이클RE:CYCLE 자전거를, 스위스칼의 명가 '빅토리녹스Victirinox'와 파이오니어 포켓 나이프를, '제나 스위스Zena Swiss'와는 렉스Rex 감자칼을 선보였다. 버려진 캡슐로 지속 가능성을 보여주는 동시에 커피 자전거, 커피 나이프, 커피 칼 그리고 커피 볼펜이라는 유니크함으로 소비자의 생각을 자극시킨다. 어차피 우리가 살면서 쓸 수밖에 없는 물건들이라면, 구입할 때 한 번 더 생각하는 지구인이 되자. 문구부터 시작하자.

O'BON™ 2B

플래티넘 마끼에 붓펜

마음이 하는 일,
마음으로 쓰는 글

문방사우文房四友. 오늘날 우리들이 사랑하는 문구의 조상뻘이시다. 선비들의 서재인 '문방에서 함께하는 네 명의 벗'이라는 뜻으로, 종이와 붓, 벼루, 먹을 가리키는 말이다. 우리나라와 중국의 문방사우를 많이 소장하고 있는 상명대학교 박물관의 설명에 따르면, 당나라 때 한유가 지은 《모영전》에서 붓과 종이 등을 의인화한 것에서 기인해 우리나라에서도 이 네 가지 도구를 문방사우라 여기게 된 것으로 본다고 했다. 고려 중기 이후부터 도구템 덕후 선비들이 늘기 시작해 조선시대까지 주욱~ 이어졌다고 하니, 아마도 서로의 문방에서 서로의 문구를 탐하고, 득하고, 정보를 공유했을 것이다. 가끔 앞서가는 선비는 중국에서 '직구'를 했을 것이고, 사대부 커뮤니티에 모여 '공구'도 진행했을 것이다.

각설하고, 네 가지 문구 중에서 서열을 가리는 일은 아무래도 아빠가 좋아 엄마가 좋아 같은 비상식적인 선택지를 던지는 것과 같으니, 개인적인 취향으로 붓을 골라 이야기하려 한다. 지금이야 방과후 영어를 비롯한 음악, 수학, 과학 등의 학원으로 2차 수업을 가듯, 라떼는(!) 웅변과 태권도, 피아노, 서예 학원이 주류였다. 학교 수업에도 서예 시간이 있어 '문방사우'가 준비물인 경우도 많았고, 이 수업을 마치고 나면 너나 할 것 없이 우리의 옷은 먹물이 방울방울 튀기 일쑤였다. 또 아버지의 서재에 풀세트로 갖춰진 서예 도구로 글씨를 배우곤 했으니, '붓'은 확실히 내 오래전 벗이긴 했다. 붓을 세척해서 말리는 법, 벼루에 먹을 가는 방식, 붓을 먹물에 적실 때의 양 조절, 붓을 잡는 요령, 획을 긋는 손목의 스냅 등 붓 하나에 따라오는 학습량도 어마어마했다. 이런 깨알 같은 기억 마일리지 덕분인지, 손으로 전해지는 붓 느낌이 마냥 좋다. 살랑살랑 마음 가는 대로 써지는 느낌도 좋고, 낭창낭창 손을 따라 검은 자취를 남겨주는 모양새도 좋다. 그래서 지금은 붓에 대한 로망을 '붓펜'으로 대신하고 산다.

두루 쌓아두고 제일 많이 즐겨 썼던 붓펜은 '모나미 붓펜'이었다. 모필은 아니지만 닥치는 대로 부담 없이 쓸 수 있기 때문이다. 한때 책에 사인을 부탁받으면, 앞쪽 면지를 펼쳐 빈 공간에 붓펜으로 큼직하게 사인을 담았다. 왠지 붓펜은 네모반듯한 글꼴보다는 명조나 궁서체와 합이 더 잘 맞아, 흘림체 스타일로 풀어내면 화룡점정의 느낌이다. 자주 깜빡하는 건망증을 이겨내기 위해 착한 가격의 붓펜을 가방마다 하나씩 구비해 두었다. 흐려지거나 갈라지기 시작하면 작은 미니 잉크병에서 충전해서 쓸 수 있다는 점도 마음에 든다. '가격 대비 성능에 있어 이만한 붓펜도 없을 듯하다'라고 말하고, '찾아보면 더 괜찮은 붓펜이 많다'라고 쓴다. 문구 하이에나처럼 서점만 가면 문구 코너를 어슬렁거리는 못된 습관 덕에, 누가 묻지도 않았는데 '어머, 저건 꼭 있어야 돼'를 혼잣말로 외쳤던 고급 붓펜이 있으니 '플래티넘 마끼에 Platinum Makie'붓펜이다. 모나미 붓펜과 바통 터치를 한 순간이다.

일본 필기구 브랜드 플래티넘의 고전적인 이미지와 딱 어울리는 이 붓펜은 포켓 클립 바로 아래 붓 '필筆' 한자가 진지하게 박혀 있다. 후지산과 붉은 벚꽃 문양이 금박과 은박으로 새겨져 있어 붓펜의 포스로는 제대로다. '마끼에' 장식 덕분이다. 마끼에는 수천 년이 넘는 역사를 가진 일본의 전통 장식 기법 중 하나다. 우루시 나무(옻나무)에 옻칠을 하고 그 위에 금가루와 은가루, 금속가루 등을 뿌려 각종 무늬와 문양을 그리는 칠 방식이다. 에도 시대에 귀족과 왕족들의 생활용품에 널리 쓰이기도 했다는 고급 기법 마키에는 지금도 여러 분야에 걸친 명품 브랜드에서 찾아볼 수 있다. 이 붓펜의 아우라는 붓모에서도 느껴진다. 만년필 같은 디자인의 캡과 바디를 분리하면, 비로소 붓펜의 우아한 자태가 드러난다. 값비싼 족제비털 붓모는 아니나 천연모 느낌에 가까운 폴리에스터 파이버 소재를 써서 부드럽기가 이루 말도 못하다. 종이면과 붓모가 스치는 순간, 아이스크림이 혀에 닿아 살포시 녹는 느낌이랄까. 또 붓펜을 쥔 엄지와 검지의 텐션에 따라 글자 두께까지 자유자재로 조절할 수 있다. 여기에 손목 스냅을 잘 활용하면 앞서 말한 '낭창낭창'의 체험 시산이다. 또 플래티넘 마끼에 붓펜은 카본 잉크 전용으로(물론 일반 검정 잉크를 써도 무방하다) 오리지널 블랙 색상의 단단함까지 즐길 수 있다. 참고로 카본 잉크는 물에 잘 번지지 않고 점성이 있어, 시간이 지나도 바래지거나 흐려지지 않아 문서 보관용으로 많이 쓰인다. 이다지도 내가 붓펜을 좋아하는 이유는 부들부들한 필기감뿐 아니라 펜을 든 자의 마음을 더하지도 빼지도 않고 보여준다는 점이다. 같은 펜으로 썼음에도, 어떤 날은 획의 기운이 고르고, 어떤 날은 흘림이 과하다는 것까지 말이다. 이렇게 속내를 들키고 나니 부끄러울 것도 없다 싶어, 붓펜과 벗이 되었다는 말씀. 이리 오너라, 업고 놀자!

얼마전 작업실 건물에 계시는 관리실 아저씨로부터 뜻밖의 선물을 받았다. 야식을 사들고 오던 길에 조금 나눠드렸는데 그

보답으로 주신 것이다. A4 용지에 정갈하게 써내려진 한자 글귀였다. 인생의 마음가짐에 대한 내용이 붓펜으로 한 자 한 자 또박또박 쓰인 것이 어찌나 기품 있던지 감동이 밀려왔다. 얼핏 보면 핸드라이팅이 아니라 출력물로 착각할 만큼의 완벽 서체에 황송한 인사를 드리니, 젊은 시절 국전 경력까지 털어놓으시며 쑥스럽게 웃으신다. 아! 글쎄, 이렇다. 붓을 들어 하는 일은 이렇게 마음으로 하는 일이고, 보는 것만으로도 마음이 전해지는 일이다. 이쯤하면 얼추 붓펜의 진정성은 증명이 된 듯하다.

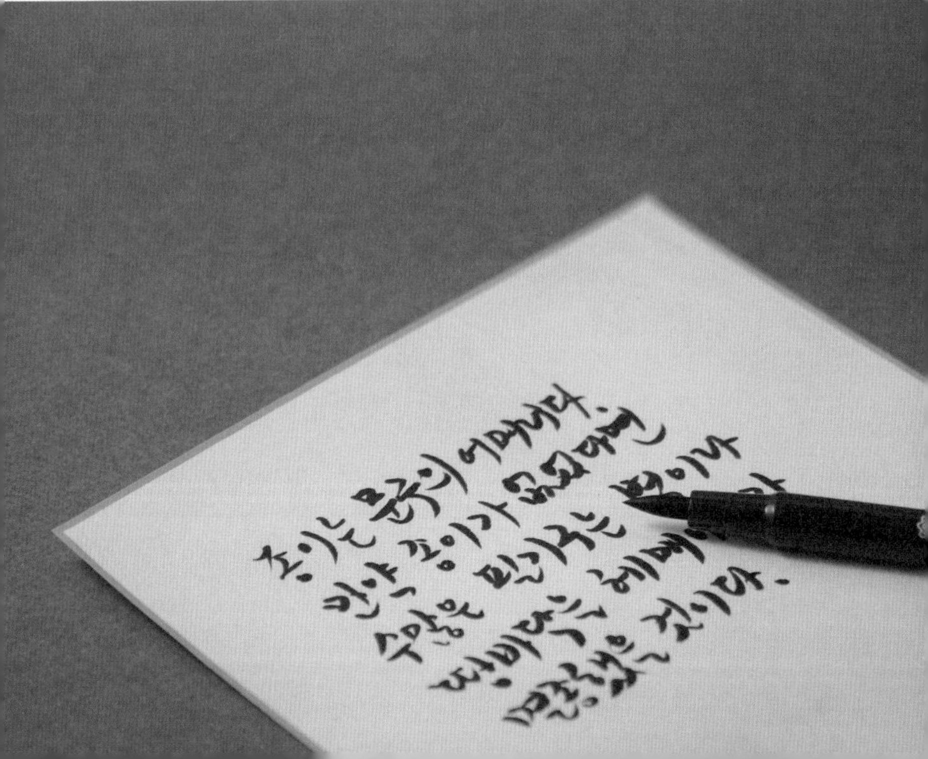

피셔 스페이스 펜

중력을 뛰어넘는 우주 최강 펜

들어는 봤나, '우주커피'. 문구 다음으로 좋아하는 것이 커피인 내게도 너무나 낯선 이름이다. 여기저기 다니며 나름 커피를 섭렵해 온 터라, 우주커피는 새로 생긴 카페 이름이겠거니 싶었다. 그러나 우주커피는 우리 모두가 아는 그 우주, 그러니까 '유니버스Universe'에서 온 커피콩이 맞았다. 이게 무슨 상황이냐면, 두바이의 기업 '스페이스 로스터스Space Roasters'가 세상 완벽한 커피콩을 꿈꾸며 내놓은 깜찍한 프로젝트다. 내용인즉슨 이들이 발명한 캡슐 모양의 가압탱크 속에 300킬로그램의 생원두를 넣고 지구로부터 무려 200킬로미터 떨어진 우주 밖으로 쏘아 올린단다. 그리고 분리된 캡슐이 낙하하면서 대기권 진입 시 발생하는 무시무시하게 뜨거운 열로 커피를 볶는다는 것이 이들의 이론이다. 초속 20,000킬로미터로 비행하는 우주왕복선도 이곳을 통과할 때면 표면 온도가 10,000℃가 넘는 화염덩어리가 된다던데, 커피를 담은 캡슐이 여길 통과한다고? 말도 안 돼. 하지만 이들이 개발한 캡슐은 200℃를 넘지 않도록 설계됐고, 캡슐 안의 커피콩은 알알이 떠다니는 무중력 상태에서 20분 동안 골고루 맛있게 볶아진다는 것이다. 그럴 듯하다. 영국의 대표신문 〈가디언Guardian〉에 실린 기사에서 느꼈던 뉘앙스나 이를 본 이들의 반응은 모두 비슷했고, 커피를 좋아하는 나조차도 그들의 반응에 100만 표를 던진다. '아니 굳이 그걸 왜?' 우주선에 탑승한 비행사를 위한 커피라고 해야, 무중력 상태에서 방울방울 커피가 허공을 날아다닐 것이고 이미 그 용도로 치면 이탈리아 커피 회사인 '라바짜Lavazza'에서 최초의 우주용 커피머신을 만들어 납품도 이미 끝낸 터다. 그도 아니면 지상에서 우주맛 에스프레소와 우주맛 바닐라라떼, 우주향 핸드드립을 제조해 체인점을 만든다고 해도, 그 값이 엄청나지 않겠는가 말이다. 아직 현실화되지는 않았으니 더이상 토는 안 달겠으나, 세상은 엉뚱하고 상상초월의 일을 벌이는 이들로 진일보하는 때가 많았으니 앞으로 다가올 우주시대를 위한 작고 작은 한 걸음이라고 치자.

그럼 우주커피 못지않은, '아니 굳이 그걸 왜?'라고 할 만한 물건을 슬쩍 들이밀어 보겠다. 우주볼펜, 이름하여 '피셔 스페이스

펜Fisher SPACEPEN.'우주에서도 완벽한 필기가 가능한 볼펜으로, 우주 비행사들의 필기구다. 평소 애지중지하며 쓰던 볼펜을 들고 우주로 간다면, 당연히 사용 불가다. 볼펜은 펜 끝의 볼이 구르며 안쪽에서 흘러내려오는 잉크를 묻혀 써지는 방식이라, 중력이 있어야 가능한 지구인의 필기구다. 따라서 무중력 상태인 우주에서는 제 아무리 고가의 볼펜이어도 헛발질인 셈이다. 게다가 머리 좀 쓴다고 연필을 챙겨 간다면 큰일날 소리다. 연필을 쓸 때 발생하는 흑연가루나 부러진 연필심은 둥둥 떠다니다 우주선 내부의 예민한 장치까지 건드릴 수 있어 매우 위험하다고 한다. 그래서 등장한 볼펜이 피셔 스페이스펜이다. 미국에 볼펜을 처음 소개했던 밀턴 레이놀즈Milton Reynolds가 폴 C 피셔Paul C. Fisher를 영입하면서 그 위대한 역사가 시작된다.

최고의 펜을 만들기로 결심한 피셔는 1965년 최초로 인간이 우주를 유영하는 모습을 보면서 우주에서도 사용 가능한 펜을 만들 결심을 하게 된다. 거듭되는 실패에 지쳐갈 무렵, 그는 꿈에서 돌아가신 아버지를 영접했다고 전한다.(제품 설명서에 명기됨) 아버지 왈, 송진을 아주 조금 사용해 보거라. 피셔는 아버지의 팁을 적용했으나 성공하지 못했고, 대신 그 과정에서 고무 느낌의 합성수지를 얻어냄으로써 문제를 해결하기에 이른다. 그리

Space
pen

고 1967년 마침내 우주볼펜이 지구에 태어났다. 피셔 스페이스펜은 가히 슈퍼 히어로급 볼펜으로 무중력인 우주 공간에서 사용 가능할 뿐 아니라, 영하 35℃와 영상 121℃에서도 필기가 거뜬하다. 뿐만 아니라 물속에서도 시를 쓸 수 있고, 기름이 뿌려진 종이에도 소설을 쓸 수 있다. 한마디로 끝내주는 펜이다. 피셔가 이 펜에 녹여낸 과학 기술은 극강의 탄화텅스텐 볼과 가압질소를 넣은 볼펜심이다. 무중력에서도 질소의 압력을 이용해 잉크가 흐르도록 유도했고 밀봉과 압착된 잉크로 세 배 더 오래 쓸 수 있다. 볼펜 한 자루의 수명을 무려 100년으로 늘였다. 클래식 타입의 크롬 블릿 400 시리즈는 현재 뉴욕현대미술관MoMA에 영구 소장될 만큼, 역사적인 가치가 있는 펜으로 해석된다. 우주 비행사도 아닌데 그 펜을 쓸 일이 있겠냐 하지만, 거친 야외 환경에서 활동하는 군인, 사진작가, 스포츠맨, 다이버들의 필기구로도 맹활약 중이다. 나 역시 17년 전 얼리어답터였던 친구로부터 선물 받은 피셔 스페이스펜을 심 한 번 바꾸지 않은 채 지금까지도 잘 사용하고 있다. 가끔 의심 많은 친구들에게 실험으로 통해 증명을 해보이면서 말이다. 묵직한 볼펜의 무게 중심과 함께 부드러운 필기감까지 변함없이 만족스럽다.

우주 최강의 피셔 스페이스펜을 볼 때마다 물체와 물체 사이에서 서로 끌어당기는 중력에게 새삼 감사하는 마음을 갖는다. 평소 날로 축축 처지는 볼살과 팔자주름을 보며 중력의 법칙을 원망했으나, 상당수의 필기구가 중력 없이는 무용지물이니 문구 덕후로써 마음을 고쳐먹을 일이다. 더불어 나와 문구를 서로 끌리고 당기게 만드는 인력 또한 단순히 기호와 취향이 아닌 물리학에 기준한 것임을 선언하는 바이다. 탕탕탕!

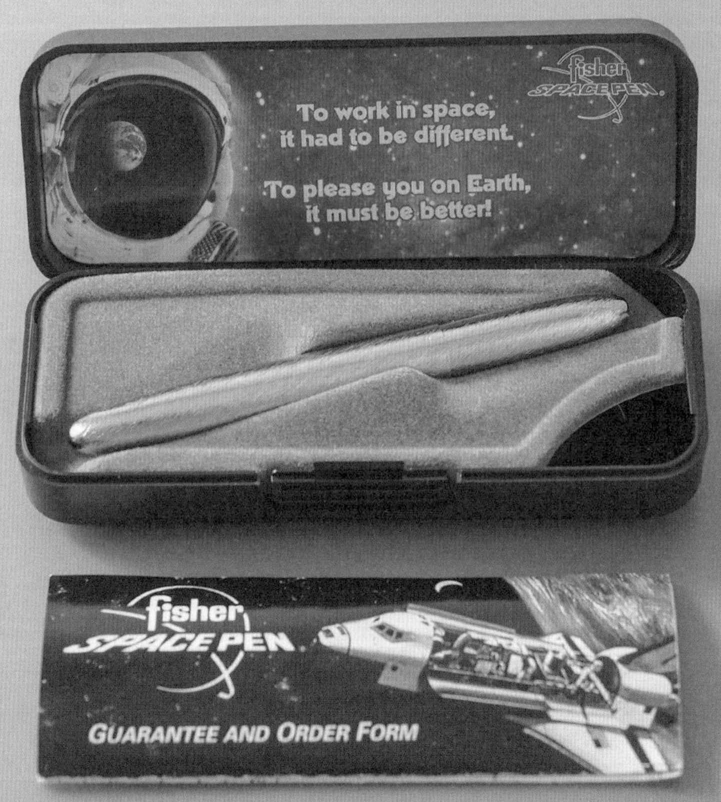

슈타이들 북퍼퓸 페이퍼 패션

갓 인쇄된
책의 향기

PAPER PASSION

PERFUME

Wallpaper*
STEIDL

PAPER PASSION

우리 모두가 아는 명작, 마르셀 프루스트Marcel Proust의 《잃어버린 시간을 찾아서》의 끝을 나는 아직 못 봤다. 작가가 스스로 마무리 짓지도 못하고 갈 만큼의 방대한 양 때문인지 읽는 나도 더디게 나아가는 중이다. 하지만 다들 그렇듯 비교적 무난하게 마스터한 첫 도입부의 '홍차와 마들렌' 이야기는 익히 알고 있다. 마들렌 부스러기가 담긴 홍차 한 입에 그의 몸은 한순간 콩브레에서 마들렌을 먹던 때를 기억해내는 대목 말이다. 몸의 감각은 신기하게도 어떤 특유한 향이나 맛으로 과거의 한 부분을 꺼내오는 힘이 있음을 진즉부터 알렸던 것이다. 이를 모티브로 만들어진 영화 〈마담 프루스트의 비밀정원〉에서도 기억조차 없는 부모를 떠올리는 촉매제로 홍차와 마들렌이 쓰인다. 실제로 맛과 향이 과거의 기억을 불러온다는 이론을 뒷받침하는 과학적 실험이 많이 이루어지기도 했거니와 굳이 입증하지 않아도 우리는 이미 저마다의 홍차와 마들렌을 가지고 있다. 짙은 고수향을 맡으면 순간 방콕 길가의 국수 리어카 앞에 서 있고, 갓 구운 빵 냄새를 맡으면 파리의 뒷골목 숙소 침대에 누워 있는 것처럼 말이다.

한술 더 떠 이를 적용해 창의적인 음식을 만드는 셰프도 있다. 세계적인 페이스트리 셰프, 조르디 로카Jordi Roca다. 미슐랭의 별을 세 번이나 거머쥘 만큼 뛰어난 실력자인 그는, 다양한 실험을 통해 새로운 재료로 디저트를 만들어 손님들의 추억을 소환한다. '나'라는 뿌리를 찾을 수 있는 갖가지 추억과 기억을 음식을 통해 끄집어내고 싶었다는 그는 상상력 또한 어마어마하다. 저온으로 끓이는 증류법을 활용해 재료 본연의 에센스를 추출하는데, 그 재료라는 것이 놀랍게도 흙, 시가, 종이 등이다. 특히 '올드북Old Book'이라는 디저트가 압권인데, 바로 마르셀의 《잃어버린 시간을 찾아서》를 재해석한 요리다. 이 음식은 먼저 오래된 마르셀의 책에 동물성 기름을 발라 책의 맛과 향을 흡수시킨 후 증류 과정을 통해 농축된 '올드북' 에센스를 뽑아낸다. 그리고 버터 쿠키와 다즐링 티 크림, 레몬 마들렌 아이스크림에 이 에센스를 뿌린다. 끝으로 마르셀의 소설이 프린트된 종이조각을 찢어 곁들인다. 염소도 아닌데 종이를 먹냐 하겠지만, 먹을 수 있는 식용 종

PAPER PASSION
Perfume
For Booklovers
Wallpaper*
STEIDL

이와 식용 잉크로 처리해 우아하게 먹으면 끝. 조르디의 설명을 빌자면, 향기는 시상하부에 저장돼 과거의 기억으로 남고 음식으로 그 기억을 건드려주는 것이라고 한다. 과거의 향이 현재의 맛을 만났을 때 심리적 폭발과 함께 잃어버린 시간을 찾는다고나 할까.

그래, 슈퍼 리치들을 위한 파인다이닝에서 조르디의 디저트 '올드 북'을 맛보는 일은 그림의 떡일지라도, '올드 북'을 향으로 즐기는 일은 당장이라도 가능하다. 내 소유의 북 퍼퓸Book Perfume이 있기 때문이다. 북 퍼퓸, 문자 그대로 책 향수다. 이 향수로 말할 것 같으면, 독일의 출판 장인으로 불리는 '게르하르트 슈타이들Gerhard Steidl'의 작품으로 향수 이름은 '페이퍼 패션Paper Passion'이다. 그가 가장 좋아하는 향이 '갓 인쇄된 책' 냄새라고 농담처럼 툭 던진 말에서 스스로 영감을 얻어 탄생했다고 한다. 어쩌면 책 냄새라는 것은 각자의 경험에 따라 천지 차이일 수 있다. 장마철 눅눅한 기운이 담긴 책이나 오래 빛을 보지 못한 책에서 느꼈던 쿰쿰함일 수도 있고, 막 인쇄소에서 나온 책에서 뿜어져 나오는 알싸함일 수도 있다. 그렇다고 전자의 책 향을 담아 극단적으로 만들었을 리 만무하고, 후자의 향만으로 향수를 만들기엔 무언가 부족하다. 슈타이들은 향수 제조사인 게자 쇤Geza Schoen에게 신선한 책 향기를 의뢰했고, 쉰은 보편적으로 향수에 담기는 수십 가지의 재료들을 과감하게 생략하고 오로지 나무 성분에서 추출한 4~5가지 재료만으로 우드 계열의 향을 완성했다. 그리고 절친이었던 칼 라거펠트Karl Lagerfeld에게 디자인과 향수의 이름 등 전반적인 기획을 맡겼다. 칼 역시 자타가 공인하는 독서가였으니 자격이 충분했다. 그렇게 완성된 '페이퍼 패션'은 포장 디자인에 모든 아이덴티티를 담아 두툼한 하드커버 형태의 책을 만들고, 그 안을 병 모양으로 오려낸 후 향수병을 담았다. 누군가는 책 속을 파서 술 담긴 플라스크를 넣어두기도 하고 비상금을 쟁여두기도 하지만. 뿐만 아니라 노벨 문학상 수상자이자 세기의 문인이었던 귄터 글라스Günter Grass와 잡지 〈월페이퍼Wallpaper〉의 편집장이 가세해 서두에 짧은 에세이까지 실었다. 이쯤하면 단순히 책 향수를 만든 것이 아니라 시대에 길이 남을 북 퍼포먼스가 아닐까 싶다. 아, 그래서 책 향은 어떠냐고? 그래서 그걸 뿌려봤냐고? 여느 향수처럼 탑 노트와 미들 노트를 품진 않았지만, 베이스 노트만으로도 은은하면서 은근한 향이다. 독서를 할 때 집중하기 좋다고 알려지기도 했으니, 릴랙스를 위한 용도로도 적당할 듯하다. 똑똑해 보이고 싶거나 책 많이 읽는 티를 팍팍 내고 싶을 때, 페이퍼 패션으로 박학다식의 향기를 뿜뿜 해도 좋을 듯하고, 오래 묵은 책들을 꺼내 바람을 쏘여 줄 겸 바닥에 좍 펼쳐

Paper
Passion
Perfume
For Booklover
Wallpaper*
STEIDL

두고 공중에 분사해 책에게 책의 향을 선사하는 것도 좋을 듯하다. 하지만 책은 읽어야 맛이라는 사실에 밑줄 쫙!!

왜 문구 얘길 하다가 갑자기 향수냐 하겠으나, 따지고 보면 같은 혈통이다. 문구文具의 문 자가 바로 글월 문文이 아니던가. 문구라는 것이 글을 행하는 도구이고 그 도구를 통해 세상에 나온 글의 종착역이 '책'이지 않소. 그러니 결이 같다고 해주시오, 그리 해주시오. 엣헴! 무엇보다 책 향수를 쓸 때마다 느껴지는 나의 마들렌과 홍차는, 어린 시절 문구점의 신상 코너에 놓여 인기를 누리던 향기 나는 지우개와 연필, 볼펜들이다. 인공향 가득한 텁텁함이 그땐 참 달큰해서 코를 들이대고 킁킁 맡곤 했었다. 그래서인지 책 향수 '페이퍼 패션'의 그 어드메쯤에서 종종 달달한 딸기 향을 느낀다.

Paper Passion
Perfume For Booklovers
Wallpaper*
STEIDL

트라디오 수성펜

인터뷰는 처음이라서 Part1

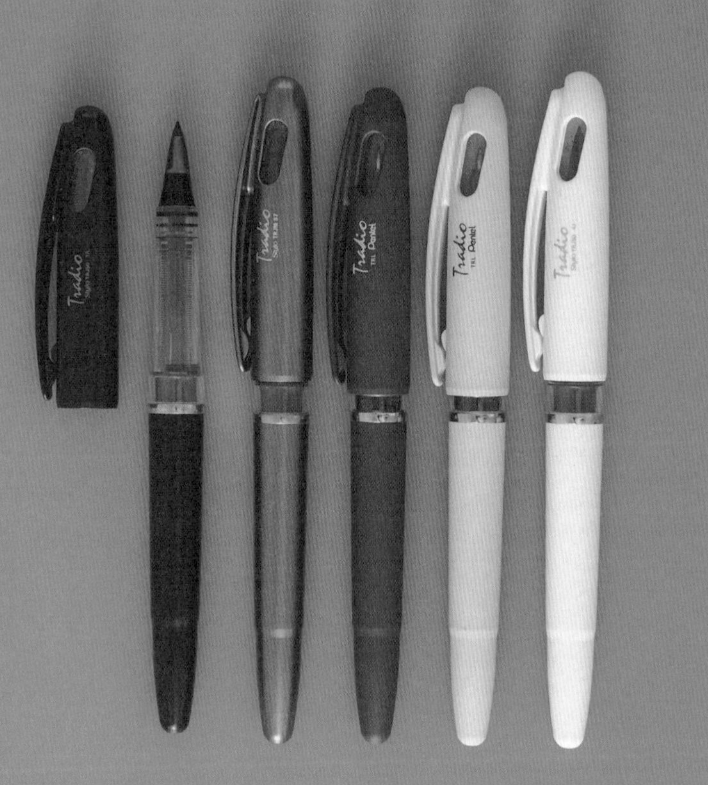

항상 새로운 사람들을 만날 수 있다는 것. 이것이 내가 다니던 출판사를 그만두고 방송국으로 간 이유다. 매일 같은 공간에서, 매일 같은 사람들과, 매일 같은 일을 하는 것이 당연한 것이지만 어느 순간 숨이 막혔다. 몸에 맞지 않는 옷을 입고 있는 듯한 불편함과 어색함도 매일 반복됐다. 새 출발을 한 곳에서는 PD와 함께 새로운 아이템으로, 새로운 사람을 찾고, 섭외하고, 만나는 일이 매일 이어졌다. 그렇게 시작된 나의 인터뷰 경력은 어느새 20년이 훌쩍 넘었다. 일반인부터 저명인사, 방송 연사, CEO, 연예인에 이르기까지 각계각층의 사람들을 두루 만났다. 요즘은 가끔 꼼수를 부리는 인터뷰까지 하고 있으니, 내 표현으로 '사심 인터뷰'다. 평소 개인적으로 몹시 만나보고 싶었거나 순전히 팬심을 기반으로 한 인물 리스트를 꾸려 진행하는 인터뷰로, 평소 궁금했던 것들을 물으니 깊이까지 따라온다. 일타쌍피다.

이런 내게도 '인터뷰는 처음이라서' 하는 순간들이 있었는데, 실수하고 당황했던 기억들은 대부분 필기구와 관련되어 있다. 그래서 인터뷰에 알맞은 펜이라고 정확히 규정짓기는 힘드나, 긴 시간 동안 나의 취재에 동참했던 인터뷰 전용 펜이 하나 있어 소개하고자 한다. 펜텔Pentel의 '트라디오 스타일로Tradio Stylo' 수성펜이다. 모양새부터 독특해 이것이 과연 수성펜인지 만년필인지 정체를 알 수가 없을 정도로 모호한 펜이다. 일단 그간의 인터뷰에 쓰였던 다수의 펜 역사부터 짚어보겠다. 필기구의 기본인 연필, 사용하지 말란 법은 없다. 3B 정도의 경도면 필기감도 우수하고 술술 막힘없이 주행하기 때문에 나쁘지 않다. 하지만 얼굴을 직접 보고 진행하는 대면 인터뷰에서 예를 갖추는 용도로는 연필은 다소 가벼운 경향이 있다. 또 장시간 진행되거나 투머치토커 인터뷰이Interviewee를 만날 경우 쉬 닳는 연필을 깎아가며 쓰기도 애매하다. 그렇다고 여러 자루를 구비하는 것도 현실성 제로! 그래서 연필은 섭외 시 전화 인터뷰 전용으로 사용한다. 전화 속 대화와 정보 사이를 넘나들며 중요사항을 메모하다 보면 가끔은 동그라미, 세모, 네모 등 기하학적인 무늬들도 다수 남는다. 그린 기억이 없다는 게 함정. 다음은 볼펜. 불행하게도 나는 '볼펜 똥

알려지'가 있다. 볼펜심에서 삐져나와 몽글몽글 자음과 모음 사이에 맺히는 볼펜 똥을 보면 온몸에 두드러기가 날만큼 거부감이 든다. 마치 김치찌개 먹고 이 사이 고춧가루가 빼곡하게 들어찬 느낌이랄까. 필기구 중 볼펜에 대한 애정도가 낮은 것도 이 때문이다. 나온 것까지는 참지만 인터뷰 내용을 정신없이 써내리는데 종이 표면에 밀착된 손에 그 똥이 밀리기라도 하면, 아, 처참하다. 상상도 하기 싫다. 그래서 저렴이 볼펜은 과감하게 추방하고, 그래도 똥을 덜 싸는 빅 볼펜 라운드와 크리스탈을 꽤 썼으나 이 또한 발이 달렸는지 이 사람 저 사람 잠깐씩 빌려주고 나면 행방이 묘연해진다. 그래서 아예 방향을 선회해 만년필을 뽑아들었다. 인터뷰 시작 전 가방과 필통에서 꺼내는 만년필의 아우라는 최상이었다. (이때 사용했던 펜은 로트링 아트펜이다) 인터뷰에 임하는 자세가 갖춰지는 느낌과 함께 인터뷰이도 자신의 이야기에 귀기울여줄 만한 사람이구나 하고 안도하는 표정들이다. (물론 내가 보기에 그랬다.) 하지만 여기서도 만년필은 더 큰 사고로 이어졌다. 인터뷰 도중 인터뷰이가 무언가 써야 하는 상황이 발생하면 주변을 살피다 만만한 게 내 펜. 지극히 짧은 순간 남의 손을 타고 돌아온 만년필은 처참했다. 평소 몇 자루의 만년필 빼고는 대부분 만년필 캡을 바디 뒷부분에 절대 끼워 쓰지 않는다. 또 아트펜은 디자인 구조상 그렇게 꽂으면 바디 라인의 끝 하얀 꼭지 부분이 잉크로 엉망이 된다. 이보다 더 큰 문제는 사람마다 생김새가 다르듯 필기의 습관이나 필압이 완전 달라, 남의 손을 탄 닙즉 펜촉은 완전히 망가지기 십상이다. 사용자의 손에서 길들여져 그 감각을 익힌 펜촉은 누군가의 손을 타는 순간, 루비콘의 강을 건넌 것과 진배없다. 몇 차례 운명을 달리한 만년필로 교훈을 얻은 후, 만년필과 볼펜을 동시에 챙겨두고 만년필은 내가 쓰고 누군가 펜을 요청하면 볼펜을 꺼내주는 꾀를 내었다. 이렇게 연필과 볼펜, 만년필로 단계를 거치다가 인터뷰 전용 펜의 왕좌에 오른 것이 바로 펜텔의 트라디오 수성펜이다.

이 펜을 알게 된 경로 또한 방송국이었다. 글 쓰는 일을 하는 직업이라 각자의 필통 부심이 있던 구성작가들 사이에서는 새로운 필기템이 등장하면 순식간에 퍼졌고, 서로 추천을 주고받았다. 이거 한번 써봐. 겉모양은 평범한 만년필 모양인데 검은 플라스틱인 것이 의아했고, 캡 부분에 투명 창을 통해 보이는 펜촉이 어딘지 낯설었다. 캡을 열고 종이에 시필하는 순간, 개그맨 이경규의 눈동자 쇼가 저절로 시전됐다. 우왓! 플러스펜도 아니고 만년필도 아니고 볼펜도 아닌 국적 불명의 이 펜은 순식간에 나를 사로잡았다. 트라디오는 일본의 문구 브랜드 펜텔에서 야심차게 도전한 만년필의 대안이었다. 1970년대 필기구의 귀족 대접을 받던 만년필은 높은 가격도 가격이지만, 기압이 달라지거나 다양한 환경 조건에 따라 잉크가 쉽게 새는 것도 큰 단점이었다. 가격과 사용의 불편함을 보완한 실용적인 만년필을 연구하던 끝에, 1979년 드디어 플라스틱 펜촉의 프라맨Pulaman을 완성했다. 화살촉처럼 뾰족하게 만든 플라스틱 수지는 아주 가느다란 관이 촘촘히 박힌 구조로, 제작자의 표현에 따르면 뿌리로부터 줄기 끝까지 수분을 실어 나를 수 있는 식물의 모세관 현상을 적용한 것이라고 한다. 이렇게 탄생한 프라맨은 가벼우면서도 만년필 고유의 필기감까지 살려냈고 펜을 쥐는 각도와 힘에 따라 세필부터 중필까지 자유롭게 표현할 수 있다. 그리고 프라맨의 업그레이드 버전이 바로 트라디오 스타일로 수성펜으로, 펜촉과 잉크 카트리지가 합체된 리필심을 쓰는 구조다. 일반 필기구의 리필심은 잉크 카트리지만 교체하는 방식이지만, 트라디오 펜은 펜촉까지 통째로 바꾸는 방식이라 매번 새로운 펜을 사용하는 셈이다. 결국 만년필의 가격 넘사벽을 낮추는 데 일조했으나 리필심의 가격은 반대로 사악하니 약간 조삼모사의 냄새가 나는 것도 같다.

암튼 첫 필기감에 홀딱 반한 트라디오 펜은 수많은 취재와 인터뷰에서 맹활약을 펼쳤고 리필심만 계속 갈아 끼우며 20년도

넘은 지금도 여전히 사용 중이다. 블랙 캡과 바디의 로고는 모두 지워진 채 말이다. 트라디오는 그 인기에 편승해 에너겔 펜과 샤프, 만년필 등 다양한 종류와 컬러의 신제품이 수두룩하나, 내게는 딱 클래식한 블랙 트라디오가 가장 시크하다. 무엇보다 플라스틱이라고 전혀 느껴지지 않을 만큼 부드러운 필기감이 만족스럽다. 빠르게 써내려도 속도 감각까지 지녀서, 인터뷰 질문 후 답변을 풀어 쓰기에 완벽했다. 볼펜처럼 첫 시작에 약간 헛발질을 하는 일도 없고, 장시간 쥐고 써도 손이 편하다. 작정하고 트집을 잡는다면, 종이와의 각도를 약간 타는 편이라 종이의 결 방향과 플라스틱 수지펜이 순간 엇박자가 되면 잉크가 사정없이 흩뿌려지기도 한다. 평소 이쁜 짓을 하는 펜이므로 충분히 용서가 된다.

인터뷰가 처음일 누군가를 위해 팁을 전하면, 첫째 인터뷰 도중 끊임없이 화자와 눈맞춤하라. 질문을 던진 후 답변이 시작되면 펜으로 받아쓰되, 계속 눈을 맞추며 공감해주는 것이 중요하다. 받아쓰는 일에 몰두해 고개를 숙이고 펜만 움직이면 중요한 것들을 모두 잃게 된다. 둘째 단어 위주로 받아써라. 사람이 말하는 속도에 맞춰 필기하는 건 하늘의 별따기다. 한번 삐끗하면 다음 멘트들까지 틀어져 핵심이 되는 부분을 잃어버리기 일쑤다. 이럴 때 조사와 어미를 생략하고 주요 단어만 써나가면 대화의 속도를 맞추기 쉽다. 셋째 펜텔 트라디오 수성펜을 사용하라. 느낌 아니까~! 또 만약을 대비해서 여분의 펜도 꼭 챙겨두자.

모닝글로리 취재노트

인터뷰는 처음이라서 Part2

앞서 인터뷰를 위한 전용 펜을 소개했고, 이번 편에서는 인터뷰를 위한 노트를 다뤄보겠다. 받아쓰는 용도라면 종이로 이뤄진 어떤 것이어도 상관없지 않을까 싶겠지만 '인터뷰'라는 단어가 선행된다면, 상관있다. 우연히 만나거나 스치는 인연과 달리, 인터뷰는 만날 대상자가 명확하고 그 대상자를 통해 얻고자 하는 것이 분명하다. 때문에 인터뷰에 임하기 위해서는 몸과 마음이 단단히 준비되어 있어야 하고, 챙겨야 할 문구들도 꼼꼼하게 신경 쓰는 것이 바람직하다. 한마디로 예를 갖추는 것이 핵심이다. 그래서 펜 찾아 삼만 리도 마다않고 돌고 돌아 시행착오 끝에 안착했고, 인터뷰에 적합한 노트 또한 고르고 고르고 또 골랐다.

방송국 일과 함께 '취재'라는 큰 옵션이 따라왔다. 구성작가라고 하면 으레 방송 대본이나 시나리오 작업만을 떠올리겠지만, 그저 빙산의 일각일 뿐이다. 사전조사는 기본, 자료를 찾아 아이템 회의를 거치고, 출연자 섭외하고, 사전미팅에 녹화 전 ENG 촬영하고, 거기에 맞춰 미니 구성안과 대본 준비하고, 인물 인터뷰까지 잡히면 인터뷰 대본도 포함하고, 연출과 카메라 감독의 일정과 인물의 일정을 맞춰 세팅하고, 누군가 펑크 나면 이를 다시 메워야 하고, 인터뷰 마치면 촬영 베타 테이프(호랑이 담배 피던 시절의 매카니즘) 일일이 프리뷰하고, 다시 편집 구성안 짜고, ENG 편집본 성우 녹음에 음악 작업하고, CG 입히고, 녹화 전날 대본 뽑아 출력하고, 큐시트 만들고, 녹화 당일 출연자 챙겨 대기실 안내하고, 분장실 메이크업 후에는 의상 체크하고, 슛 들어가면 끝! 아니다. NG라도 발생하면 분위기 봐가며 출연자와 MC 달래고, 스태프와 상극인 출연자 있으면 새우등 터져가며 중재하고, 마치면 녹화본으로 러닝타임 맞춰 종편용 구성안 잡아주고, 다시 녹화 버전에 음악과 CG, 성우 더빙 들어가면 이제 최종 마스터 테이프가 뙇! 나와야 비로소 한 편의 프로그램 완성이다. 아~ 숨차. 놀랍지 아니한가. 정말 내가 봐도 젊은 시절 소처럼 일했다. 이런 일상 속에 작가들이 버틸 수 있는 건 문구 때문이었다. 내 맘대로 되는 유일한 것. 일하면서 즐기는 문구 한 점의 낙, 이것이 우리가 펜을 찾고 노트를 찾는 이유이기도 하다.

특히 다큐멘터리는 프로그램 성격상 취재와 인터뷰로 사람 멀미가 날 지경이었다. 50분짜리 다큐를 한 편 제작하기 위해 만나는 사람의 수는 엄청났다. 사전 정보를 얻기 위해 해당 분야의 전문가들을 찾거나 소개 받은 이들을 두루 만나야 했고, 그때마다 노트에 받아써야 하는 양도 만만치 않았다. 이때 취재 중 썼던 노트가 'PD 취재수첩'이었다. '한국방송프로듀서연합회'라고 찍힌 이 수첩은 방송국에서 아주 손쉽게 구할 수 있었고 새것인 채로 PD의 책상 위에 뒹굴기 일쑤였다. 전형적인 취재 수첩처럼 세로로 기다란 모양에 상단에는 스프링이 달려있어 위로 넘겨 사용한다. 구하긴 쉬웠으나 나와는 안 맞았다. 우선 표지가 너무 하드 타입이라 손에 착 붙지도 않았고 왠지 뻗대는 느낌이 중2스러웠다. 결정적으로 예쁘지 않았다. 한 권 간신히 채우고 그 뒤론 절대 곁을 주지 않았으나 주변 PD들이 어찌나 생색을 내며 주는지 더 싫어졌다. 구하면 열린다고, 때마침 내 눈 앞에 나타나 왜 네가 자꾸 나타나의 주인공이 바로 모닝글로리Morning Glory의 '리포터스 노트북Reporter's Note Book'이었다. PD 취재수첩보다 크기는 약간 컸으나 겉표지가 도톰한 갱지 타입이라 두께는 훨씬 얇았다. 상단 스프링도 홑겹인데다 사이즈가 적당해서 한 장씩 잘 넘어갔고 덮을 때도 복원력이 뛰어났다. 종이 자체는 두껍지 않아 비침 현상이 약간 있었으나, 아트펜과 트라디오 스타일로 수성펜과의 궁합도 완벽했다. 잉크가 퍼지지도 않고, 스케이트 타고 아이스링크를 달리듯 매끈하게 써졌다. 또 하나 내지의 줄 간격이 넓어 필기가 쾌적했다. PD 취재수첩을 비롯한 노트들은 줄 간격이 옹색해 급하게 써내리면 늘 두 줄씩 잡아먹는 일이 허다했는데, 널찍한 공간에 글자들을 앉혀두니 나름 질서 있어 보였다. 또 잉크도 빠르게 건조돼 번지는 현상이 없어 하는 짓마다 이쁜 수첩이었다. 당시 모닝글로리는 국내 최고의 힙 문구 브랜드였고, 학용품에 본격적인 팬시 바람을 불러일으킨 헤로인이다. 획일화된 디자인으로 기능만 강조했던 문구를 해방시키는 데 공을 세운 브랜드임을 인정! 로고 속 나팔꽃은 20년이 지난 지금도 활짝 피어 있어 함께 나이 먹은 (너도 좋으냐) 나도 좋다. 이렇게 모닝글로리 덕분에 인터뷰 전용 펜보다 훨씬 빠르게 전용 노트를 찾아 안착했고, 취재 나갈 때면 무조건 리포터스 노트북을 동반했다. 문구점에 갈 때마다 보이는 족족 쟁여뒀고, 쏙쏙 뽑아 쓰다 보니 지금은 두어 개만 남아있다. 생각난 김에 모닝글로리의 쇼핑몰을 둘러본 결과 현재 같은 제품은 찾을 수 없고, '1500 오로라 핸디 메모패드'가 가장 유사한 제품으로 보이며, 상단 스프링 없이 뜯어서 사용하는 방식이다. 기자수첩이라는 제품도 있으나, 내지는 좁은 줄 간격이고 두꺼운 표지 타입이다. 아, 아쉽다. 따지고 보니 전 세계 취재 관련 수첩들은 대체로 비슷한 모양을 지녔다. 왜 이렇게 세로로 길까 싶은데 상상력을 펼쳐 보니, 포켓 사이즈에서 기인한 것이 아닐까 싶다. 필드에서 수시로 편하게 꺼내 쓸 수 있도록 뒷주머니나 상의 주머니에 보관할 수 있게 배려한 것으로 여겨진다. 아님 말구. 모닝글로리 리포터스 노트북의 팬심이 차츰 수그러들 때쯤 몰스킨 노트북이 맞물려 등장해 주시니, 현재까지 취재용으로는 몰스킨 소프트커버 스몰 사이즈를 애용하고 있다. 노트의 유연성도 적당해 여기저기 보관하기도 편하고 야외에서 뛰어다니며 필기할 경우 손바닥 위에 올려놓고 써도 부담 없다.

자, 여기서 의문이 들 것이다. 보이스레코더나 스마트폰 녹음기 앱 같은 편리한 툴이 있는데 왜 그걸 받아쓰지? 라고. 물론 보이스레코더는 2000년대 초반부터 일찌감치 사용하기 시작했고, 최근엔 스마트폰 녹음기 앱도 잘 쓰고 있다. 다만 나의 쓰기 작업이 멈추고 않고 계속되고 있을 뿐이다. 인터뷰가 처음일 누군가를 위해 팁을 전하면, 인터뷰 도중 보이스레코더든 녹음기 앱이든 100퍼센트 의존하지 말자. 받아쓰기를 전혀 하지 않은 채 편리함과 장비만 믿다가 땅치고 후회하는 사람 여럿 봤다. 녹음 파일이 아예 사라지거나(버튼을 안 눌렀다에 100만 표) 기계 오작동으로 소리가 다 깨져 지글거리는 소리만 녹음되는 경우도 왕왕 발

14
beat
yesterday.

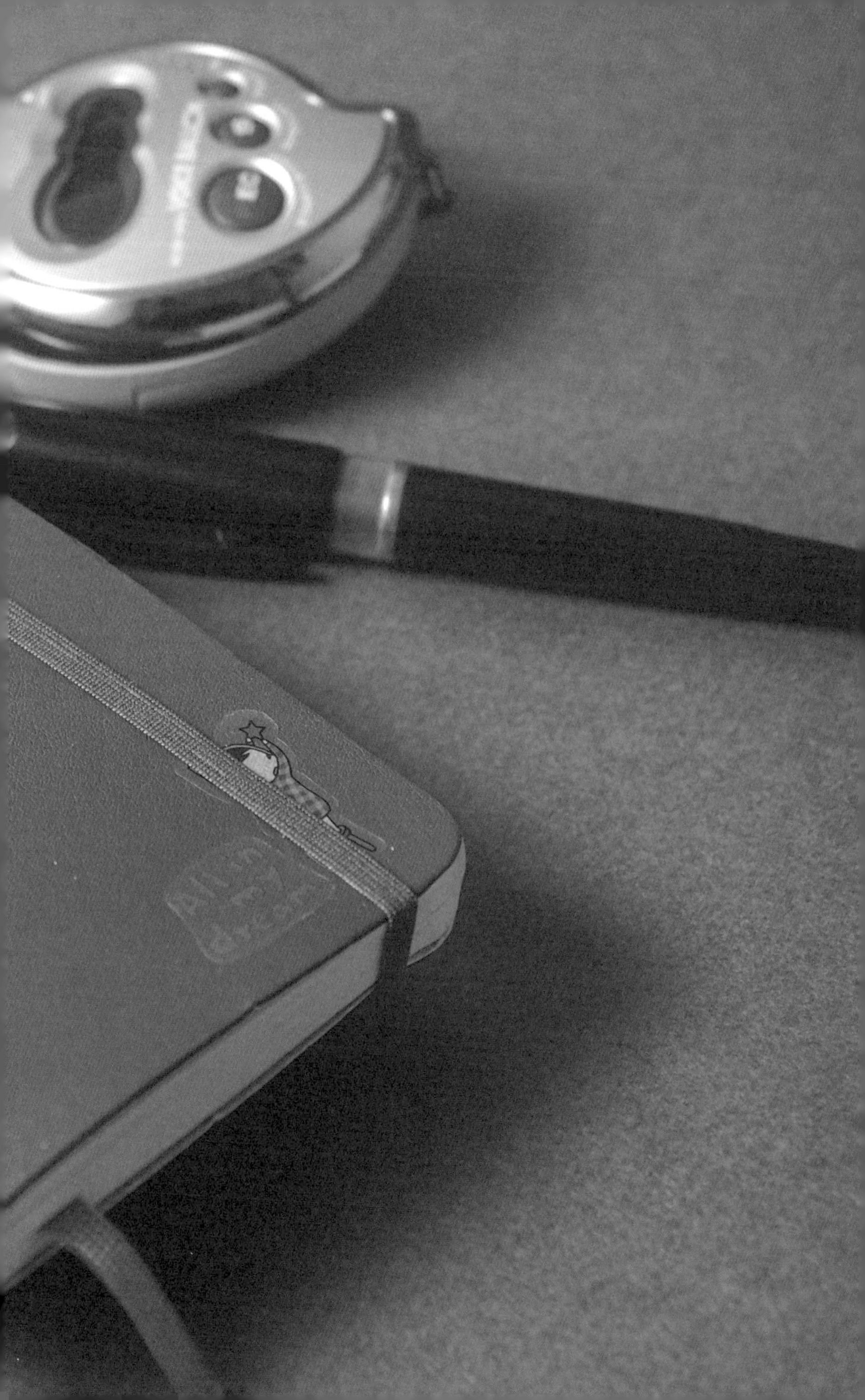

생한다. 하지만 내가 그날 했던 그 인터뷰는 이 지구상에서 딱~ 한 번 존재하는 시공간이라, 돌이킬 수도 없고 돌이킨다고 해도 똑같은 대화를 주고받을 확률은 매우 낮다. 또 취재 후 녹음본을 풀어 그대로 옮겨 쓰는 프리뷰 작업은 인터뷰했던 시간보다 두세 배 더 걸리는 노동 중의 노동이다. 그래서 나는 아직도 최대한 노트에 부지런히 인터뷰이의 대화를 옮겨 담고, 백업용 혹은 보조수단으로 녹음기를 열어둔다. 문구의 시계가 어전히 태엽을 돌리며 잘 살고 있는 이유는, 디지털이 절대 이길 수 없는 아날로그만의 파워가 있기 때문이다. 또 '인터뷰'라는 것이 온전히 사람과 사람의 일이라, 노트와 펜으로 옮길 때 비로소 그 온기를 고스란히 녹여낸다고 믿는다, 나는.

이 글을 마치면서 책상 속 깊숙이 파우치에 담겨 있는 예레기(예쁜 쓰레기) 녀석이 떠오른다. '몽블랑 마이스터스튁 메모패드 Montblanc Meisterstück Memopad.' 메모광인 나를 위해 여행 다녀온 친구가 내민 선물이다. 만년설 봉우리가 예쁘게 박힌 블랙 가죽 커버 속 미니 패드, 지폐 절반 사이즈로 한 단어만 채워도 한 장이 넘어갈 정도로 야박한 사이즈다. 흐흐흐. 이쁜데 쓸모없다. 이쁜데 쓸일없다. 아주 가끔 기분 전환용 액세서리로 사용한다. 소설가 백영옥은 그녀의 인터뷰집 《다른 남자》에서 〈마흔 즈음의 나는 그제야 비로소 '나는 말이야'라고 시작되는 말보다 '너는 말이지'로 시작되는 말에 귀 기울이기 시작했다〉고 고백했다. 모닝글로리 리포터스 노트북이든 몰스킨이든 몽블랑 메모패드든 받아쓸 준비가 되어 있다면, 이제 마음을 활짝 열고 두 귀를 쫑긋 세우자. 그것이 인터뷰의 진짜 준비물이다.

라미 사파리 만년필

와인을 음미하듯 만년필을 이해하다

와인을 처음 배운 장소가 놀랍게도 비행기 안이었다. 당시 내 음주 행태는 소주와 맥주, 막걸리 등 주종을 가리지 않았다. 유일하게 친해지지 못한 와인만 소 닭보듯 하던 터였다. 영국 버밍햄으로 향하는 길고 긴 시간, 승무원으로부터 건네받은 맥주 캔을 낚아챈 옆자리 동행인, 당시 영국에서 거주 중이던 배우 K씨였다. '이러는 거 아니야. 비행기에선 와인이지.' 술꾼이기도 한 국민 배우님의 말씀을 감히 거역할 수 없어 일단 한 잔을 마셨는데, 어라! 내 뇌가 알고 있는 그 맛이 아니었다. 입 안 가득 펼쳐지는 오묘한 맛에 마치 혀가 데인 느낌이었다. 높은 비행 고도 탓에 엄청나게 촘촘한 밀도로 내 미뢰를 하나하나 자극한 게 아닐까 싶다. 그 뒤는 상상하는 대로다. 영국 땅에 도착하기 전까지 K씨와 내내 포도밭을 뛰어다녔다. 또 보름 넘게 사진 촬영을 하는 내내,

버밍햄에서 런던까지 자동차로 달리는 일정 중에도 머무는 곳마다 와인을 즐겼다. 지금이야 박스 와인이 국내에서도 시판되고 있으나 당시 영국에서 보편적으로 즐기던 박스 와인은 내게 문화충격 그 자체였다. 커피믹스 대용량 박스만한 벌크형 와인으로 꼭지까지 달려 있어 두고두고 원하는 만큼 따라 마실 수 있는 형태다. 이렇게 난 정통 와인으로의 입문이 아니라 일상에서 즐기는 와인을 저 하늘 위에서 만났고 또 다른 주류 라이프를 열게 됐다. 일상으로 돌아왔으나 한국에서는 와인을 일상처럼 즐기기엔 문턱이 높았다. 판매처도 한정적이고 영국에서 즐겼던 가격대는 좀처럼 만나기 어려웠다. 시간이 흐르고 소수의 문화였던 와인이 소믈리에라는 직업군까지 널리 알려질 만큼 세력을 넓혀, 와인샵과 와인바도 흔해졌다. 심지어 편의점에서도 와인을 구매하는 세상이 되었다. 오늘은 레어템이지만 내일은 국민템, 바로 와인도 대중화를 맞이한 것이다.

널리 알려져 두루 함께 쓸 수 있다는 점에서 대중화는 반가운 일이다. 그래서 '라미 사파리Lamy Safari'가 국민 만년필이 된 요즘이 재미지다. 주변 사람들을 두루 체크하는 데 좋은 가늠표가 되기 때문이다. 라미 사파리를 가진 자와 그렇지 않은 자에 따라 아날로그 지수를 판단할 수 있고, 취향 스펙트럼에 있어 싱크로율을 따져보기에 좋은 척도가 된다. 아, 그렇다고 절대 인간관계에 그 어떤 불이익을 적용하는 건 아니다. 오해없길. 라미 만년필을 처음 만난 것은 15년 전쯤으로 기억된다. 아버지에게서 받은 여러 자루의 파커 만년필과 서른 맞이 기념으로 지른 몽블랑 만년필을 쓰던 중이라, 만년필이라는 것 자체가 호사로운 필기구라고만 여기던 차였다. 라미 사파리를 집어든 건 지금 패턴과는 완전히 다른 컬러감 때문이었다. 블랙와 무채색, 메탈이 전부였던 내 만년필 라인에 엣지를 넣어주는 정도랄까. 솔직히 호사로운 필기구의 가격이 빌런이라면, 라미 사파리의 가격은 엔젤이라는 점도 어느 정도 작용했다. 색상은 미국의 스쿨버스를 연상케 하는 블랙 닙에 샛노란색을 골랐다. 모던함이 마음에 들었다. 컨버터도 없이 함께 구입한 잉크 카트리지를 넣고 기대감 1도 없이 써내렸다. 이건 뭐지? 비행기에서의 와인 경험처럼 금촉 대신 스테인레스 닙에서 느껴지는 촉감이라니… 진짜 신선했다. 연필의 사각거림과 다른 업그레이드 버전의 사각거림이 귓가를 간지럽혔다. 라미야, 어디 갔다 이제 왔니.

라미는 1930년 독일의 하이델베르크를 배경으로 시작된 필기구 브랜드다. 바우하우스의 디자인 철학을 바탕으로 제품을 만든 라미는 '쓰는' 기능에만 치중하지 않았다. 띵킹 툴스Thingking

Tools 혹은 낫 저스트 어 펜Not just a pen이라는 슬로건으로 자신의 제품을 표현할 만큼, 기능과 디자인을 동시에 갖추기 위해 열과 성을 다했다. 무심한 듯해서 더 끌리는, 군더더기 없는 디자인으로 나를 자석처럼 당겼으니 충분히 공감한다. 또 이들은 제품에 대한 자부심을 허투루 쓰지 않고, 펜 디자인에 따라 유명 디자이너와 근사한 협업을 하고 펜 디자인을 위해서라면 수년 간의 시간도 아낌없이 투자한다. 심지어 라미의 모든 펜촉은 외국에 공장을 세워 제조하는 일절의 행위 없이 독일에서 직접 만들고, 고가 필기구 라인은 여전히 단계별 수작업을 거치며 숙련된 장인들이 일일이 확인하는 등 고집스런 면을 이어가고 있다. 그 덕에 전 세계 많은 사람들에게 띵킹 툴스 '생각하는 도구'로 자리잡을 수 있었을 듯하다. 라미 사파리 만년필은 1980년 프랑크푸르트 전시회에서 처음 선보인 제품으로, 십대 전용으로 선보인 것이라고 한다. 연필에 한정된 학생들에게도 손쉽게 사용할 수 있도록 설계한 만년필이 지금은 라미 팬덤을 만드는 '힙펜'으로 등극했으니 사람이나 펜이나 자신의 미래는 알 수 없는 모양이다. 어쩌면 내가 스쿨버스를 연상하며 노란 사파리 만년필을 집어든 것도 우연은 아닌가 보다. 게다가 라미의 컬러 마케팅 전략은 나를 라미의 산증인으로 만들려는 의도를 품은 듯 시즌별로 새로운 색상의 사파리를 출시 중이다. 어디 그뿐인가. 사파리에 올인하던 중 만난 '라미 알스타Lamy AL-star'로 갈아타면서 지갑이 탈탈 털리는 중이다. 알스타 시리즈는 사파리 라인보다 살짝 상위 버전으로 디자인은 같지만 재질과 사이즈의 차이를 보인다. 가볍고 튼튼한 알루미늄 재질에 특유의 광택이 살아있으며, 펄 메탈의 비주얼이 핵심이다. 게다가 출시되는 색상들마다 우아해 눈길을 안 주려야 안 줄 수 없을 지경이다. 이거야 원, 필기구의 S/S · F/W 시즌을 기다리며 해외 직구로 예약 구매를 해댈 줄은 상상도 못 했다.

라미 사파리의 특징을 더 짚어보면, 쉘 혹은 그립이라고 불리는 부분에 엄지와 검지가 안착되는 느낌이 아주 편안하다. 아마 십대들을 타겟으로 한 만큼 그립감을 최상으로 끌어올린 듯하다. 또 배럴 부분에 길죽한 창을 내어 안쪽 컨버터나 카트리지의 잉크 상태를 쉽게 파악할 수 있다. 라미의 닙 굵기는 EF · F · M촉으로 구성되어 있는데, 세필을 선호하는 나는 무조건 EF촉을 사용한다. 선물로 받은 두어 개가 F일 뿐. 여러분, 제게 라미를 주시려거든 EF촉으로 부타악~해요! 수십 자루의 사파리 소유주로서 굳이 단점 하나를 짚는다면, 실용성에 무게를 둔 착한 가격의 사파리이다 보니 펜촉 복불복을 감안해야 한다는 점이다. 같은 EF촉을 늘 구입하지만 실제 필기의 굵기는 약간 편차가 발생하고

스틸 부분에 잔 스크래치도 더러 있는 편이다. 니가 예민해서 그렇다고 콕 찍어 말한다면, 그건, 음… 맞다. 인정.

아직 당신이 만.알.못이거나 아예 만년필을 즐기지 않고 있다면, 서서히 한번쯤 음미해 볼 것을 권한다. 와.알.못이었던 내가 저 창공을 날며 그윽한 와인 맛의 절정을 배운 것처럼 말이다. 와인의 맛을 알아가는 것과 만년필을 배우는 것은 모두 인생을 깨우쳐 가는 깊이 있는 행위 중 하나일 것이라 믿어 의심치 않는다. 늦게 배운 도둑질에 날 새는 줄 모른다고, 느지막이 알게 된 라미 만년필과 지독하게 사랑에 빠져보는 것도 좋겠다.

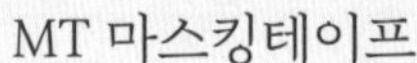

MT 마스킹테이프

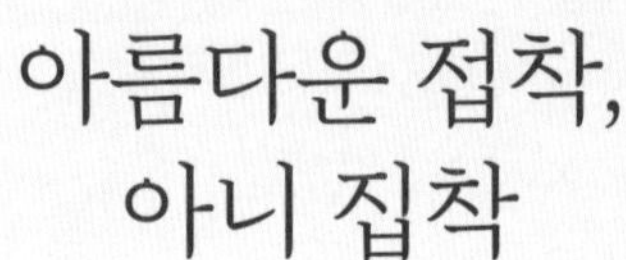

아름다운 접착, 아니 집착

출장길이든 여행길이든 집 떠나는 내 손에 항상 들려있는 것이 있다. MT 마스킹테이프와 모나미 네임펜이다. 평소에도 늘 내 주변을 지키는 워리어Warrior 수준의 문구지만, 도무지 연관성이라곤 찾아볼 수 없는 이 물건들을 왜 챙기는 것인지 궁금할 것이다. 그 사용처를 소개하자면, 출장에서도 여행에서도 빠지지 않는 사진 작업을 위해서다. 디지털 카메라에 쓰이는 메모리카드와 필름 카메라에 쓰이는 필름 구분용, 그리고 배터리 체크용이다. 먼저 하루에 촬영하는 사진 양이 엄청나기 때문에 촬영 중 부득이하게 메모리카드를 갈아 끼울 일도 많다. 이때 사용한 메모리카드와 미 사용분을 구분하기 위해 마스킹테이프를 붙여두고 표시하며 네임펜으로 촬영 순서에 따라 번호를 붙이거나 시간과 장소 등의 정보를 표기해 둔다. 매우 중요한 데이터이기 때문에 자칫 헛갈리거나 사소한 실수를 하게 될 경우 뒷감당은 스릴러 한 편의 공포보다 더 끔찍하다. 또 필름도 부피를 줄이기 위해 박스를 모두 뜯어내기 때문에 이때 미사용 필름 플라스틱 케이스에 모두 마스킹테이프를 붙여둔다. 새로운 필름을 카메라에 장착하고 다 쓴 필름을 케이스에 보관하기 전 겉에 붙여준 마스킹테이프를 떼어 다 쓴 필름 위에 직접 붙여 번호를 매겨둔다. 필름을 소진할 때마다 이 과정을 반복하면 완벽하게 필름 관리를 할 수 있다. 마찬가지로 촬영에 필요한 여분의 배터리에도 마스킹테이프를 붙여두고 쓰기 직전 떼면 배터리 파우치에서 여러 개가 굴러다니며 숨바꼭질을 해도 술래인 나는 정확하게 찾아낼 수 있다. 뿐만 아니라 폴라로이드 필름을 찍은 사진들을 묵고 있는 호텔 방 벽에 붙여두기도 하고 지퍼백이나 불투명 비닐에 붙여 내용물을 써두기도 한다. 액체류를 담은 뚜껑을 안전하게 한 번 더 봉하거나 작은 소품들이 굴러다니지 않도록 붙여두어도 꽤 유용하다. 이러니 마스킹테이프가 여권보다 더 대우를 받으며 가방 속 퍼스트 클래스에 먼저 자리잡는 이유다. 이쯤하면 아니! 대체 마스킹테이프를 왜 안 챙겨가는 것인지, 내가 더 궁금하다.

10여 년 전부터 애용하는 이 마스킹테이프가 요즘은 '마테'라는 줄임말로 불릴 정도로 '다꾸' 마니아들에게 인기라고 한다. 다꾸 또한 다이어리 꾸미기의 줄임말이다. 밀레니얼 세대를 중심으로 취향 위주의 소비가 증가하면서 마스킹테이프처럼 없어도 그만이지만 있으면 두 배 즐거운 레어템이 문구 필수품으로 신분 상승 중인 것이다. 문구 코너나 인터넷에서 손쉽게 찾아볼 수 있는 팬시 타입의 마스킹테이프는 형형색색의 컬러와 디자인으로 우리의 소비욕을 자극하지만, 사실 내가 썼던 첫 마스킹테이프는 파랑색에 오돌도돌한 무늬가 깔린 폭이 넓은 3M 브랜드의 제품이었다. 참 무뚝뚝한 마스킹테이프였으나 이 녀석이 사실 원조 중의 원조다. 마스킹테이프의 탄생을 쫓다 보니 포스트잇에 이어 3M사를 또 만났다. 이 기업은 접착제 부심을 가져도 되겠다. 스카치 투명 테이프만으로도 충분한 명성일 텐데, 마스킹테이프의 아버지이기도 했다니 놀랍다. 1925년 세상에 빛을 본 마스킹테이프는 깊은 빡침의 욕설에서 비롯됐다. 1920년대 '자동차'라는 신문물이 북미 지역에 퍼지면서, 차를 소유한 오너들 사이에 커스텀 페인트칠이 유행했더란다. 직선 부분의 칠을 위해 테이프를 붙이고 작업을 했으나, 완성 후 이를 떼어낼 때 무시무시한 접착력에 페인트칠이 말짱 도루묵이 되곤 했다. 3M 직원이었던 리처드 G. 드류Richard G. Drew가 정비소와 통화 중 수화기 건너편에서 들려온 빡침의 소리가 결정타가 되어 발명하기에 이른 것이다. 식물성 오일과 아마씨, 치클, 글리세린에 오돌도돌한 크레이프 페이퍼의 조합으로 2년 만에 마스킹테이프를 완성했다. 페인트칠 작업 후 떼어내면 잘 떨어지는 덕에 순식간에 대세 테이프가 되었고, 페인터스 테이프Painter's tape라는 별명을 얻었다. 자동차를 비롯한 비행기 도장, 건설 현장, 공장 시설에서 맹활약을 벌이며 목재 · 시멘트 · 철 · 플라스틱 · 유리 등 어떤 표면에서도 철석같이 들러붙었다가 쿨하게 떨어지는 마스킹테이프는 그 후 인테리어와 라벨링 등의 일상생활은 물론 예술가들의 작품 활동까지 참여, '붙였다 뗐다'의 신공으로 깔끔한 마감을 도맡아왔다.

이 마법의 문구, 마스킹테이프는 내게도 필살 문구가 되어 언제나 그렇듯 어여쁜 신상을 발견하는 족족 한두 개씩 모으던 것이 어느새 큼지막한 쿠키통 하나 가득이다. 이 중 가장 애정하는 마스킹테이프는 일본 '카모이Kamoi'에서 출시하는 MT 브랜드의 마스킹테이프다. 카모이 역시 오래전 산업용 마스킹테이프로 시작한 기업인데, 식물에서 추출한 섬유를 재료로 전통 방식으로 제조한 와시 페이퍼Washi paper로 마스킹테이프를 만들어 질기고 튼튼한 특징을 가지고 있다. 3M사의 원조 마스킹테이프와 확실하게 차이 나는 촉감이며 무척 부드러워 손으로 찢어 사용할 때도 특유의 쫀쫀함을 느낄 수 있다. 또 MT 연구소를 열어 눈부신

볼거리를 제공하고 MT 엑스포에서는 마스킹테이프로 꽃, 새 등의 공작을 하고 박물관까지 세우는 등 어른 아이 할 것 없이 눈과 손이 모두 즐거운 문화로 만들고 있다. MT 마스킹테이프 역시 예쁘지만 비싸다는 것이 흠이라면 흠. 특히 세계적인 아티스트들과의 컬래버레이션을 통해 창의적인 디자인과 독특한 컬러감까지 갖춘 녀석들은 너무 콧대가 높다. 한두 개씩 구입할 땐 그러려니 하다가 쿠키통 하나 가득 몸값을 따져보면 탕진각이다. 에혀, 한숨은 그러나 곧 환호성이 된다. 마스킹테이프는 단순히 다이어리를 꾸미고 라벨링 용도뿐 아니라 사용하는 문구에 분위기 전환용 옷을 입혀줄 수도 있다. 또 내것임을 표시하기 위해 전자 디바이스의 어댑터에 두르기도 하고 노트북 위에 계절별로 장식을 하기도 하고, 지저분한 것을 살짝 가려두는 땜질용으로 최고다. 손재주 있는 사람들은 선물 포장, 파티 용품, 실내 인테리어용으로도 적극 활용하니 마스킹테이프의 무한 매력을 따져보면 그 몸값 지불에 이의가 없다. 라벨링의 용도로 쓸 때 테이프 위에 글씨를 쓸 때 볼펜이나 수성펜으로 쓰면 겉돌다 금세 지워지거나 아예 잘 써지지 않는 경우가 많다. 마스킹테이프와의 찰떡궁합은 뭐니 뭐니 해도 모나미 네임펜Monami Name Pen 블랙 컬러다. 잉크 자체의 접착력이 우수해 잘 써지고 오래도록 유지되어 컬러풀한 테이프 위에 씌여진 손글씨가 훨씬 정겨워 보인다. 마스킹테이프의 폭도 다양해서 글씨의 굵기도 영향을 미치므로, 가는 글씨과 중간 글씨를 동시에 쓸 수 있는 트윈 타입의 네임펜 T를 애용하는 중이다.

나도 사람인지라 할 수 있는 일과 할 수 없는 일이 분명하다. 해야 하는 일과 하지 않아도 되는 일도 명확하다. 그래서 노력하는 일도 있고 포기하는 일도 있다. 찢어서 붙이고, 뗐다 다시 붙이고, 그 위에 또 붙이고 글씨를 덧입혀도 군소리 한번 없이 척척 제 일을 하는 마스킹테이프를 보고 있노라면, 저 아이의 살가움에 부끄럽다. 슬며시 제일 돋보이는 마스킹테이프를 잘라, 그 못생긴 마음을 감춰본다.

톰보우 모노 에어 수정테이프

희미한 옛사랑의 그림자

'난, 그 자식이 이 세상에서 사라지면 좋겠어.' 이 살벌한 소리는 방금 기나긴 연애에 종지부를 찍고 소주 원샷을 삼킨 친구의 소리다. 이럴 땐 어설픈 위로 따위 하지 않고 그저 빈 잔을 채워주는 것이 전부다. 생각해보라, 하루를 만났든 수십 년을 만났든 일단 인연의 끈이 잘라졌으니 얼마나 절망스럽겠는가. 명치끝 뻐근함과 코끝 시큰함이 가시지 않을 테고, 그걸 견디기 위해 이를 악물어봐야 1초가 1년 같을 테고. '딱 한 번만 봤으면 좋겠어, 보구 싶어.' 이 애절한 소리는 의연하게 실연을 견디고 버티다 소주 원샷에 무너져내린 그 친구의 소리다. 이번에도 같잖은 응원 따위 하지 않고 그녀의 잔에 힘껏 잔을 부딪혀주는 것이 내가 할 수 있는 전부다. 손발이 오글거려 잘 듣지 않던 유행가 가사가 다 제 이야기일 테고 애써 잊으려 할수록 그와의 추억이 담긴 물건

혹은 익숙한 상황들이 시도 때도 없이 불쑥불쑥 튀어나올 테고… 어쩌면 좋단 말인가. 그럼에도 세상의 모든 연인들은 만나고 헤어짐을 끊임없이 반복하며 산다. 플라톤의 《향연Symposion》에서 아리스토파네스가 일찍이 외쳤다. 인간은 원래 머리 하나에 얼굴이 둘, 네 개의 팔과 다리를 가진 완전체였고 이들의 두터움을 시기한 신이 갈라놓은 것이라고. 잃어버린 자신의 반쪽을 찾기 위해 그렇게 기를 쓰고 애를 쓰는 것이라고. 그러니 만나고 헤어지는 일은 내 임의대로 하는 것이 아니라 세상 이치인 셈이다. 얼추 시간이 흘러 조금 무뎌졌겠거니 하고 만난 친구는 얼굴이 핼쑥해졌다. 선선해진 저녁 바람에 산책을 하던 중 갑자기 쪼그리고 앉아 흐느낀다. '내 머릿속에 지우개가 있으면 좋겠어.' 하던 대로 말없이 등이나 쓸어줄 것을 나도 모르게 중얼거렸다. '에이, 사랑인데. 그래도 사랑인데… 지우개는 좀 야박하고 수정테이프 정도가 좋지 않을까?' 아! 이 몹쓸 놈의 주책. 주워 담을 수도 없는 그 말에 친구는 아예 털썩 주저앉아 대성통곡을 한다. 아흑, 미안하다 친구야.

지우개면 어떻고 수정테이프면 어떠랴. 이별의 후유증을 앓는 이에게 유일한 약은 그저 세월일텐데. 그럼에도 저런 주책 멘트를 날린 것에 소심한 변명을 좀 하자면, 평소 나의 문구 지론 때문이다. 썼던 것을 지우는 문구, 즉 시간을 되돌리는 용도로 지우개와 수정테이프는 내게 분명한 구분이 있던 터였다. 박박 지워 처음부터 없던 것으로 하고 싶을 땐 과감하게 지우개를 쓰고, 함부로 지워버릴 수 없거나 혹은 그래선 안 되는 것들에 대해서는 예의상 수정테이프를 쓰는 편이었다. 이렇다 보니 소위 흑역사로 폄하되는 기억들이나 깡그리 잊어버리고 싶은 후진 기억들 - 지하철 계단에 넘어졌다가 벌떡 일어나 아무렇지도 않게 자리를 피하는 1초, 신나게 건배하며 첫잔으로 들이킨 원샷에 사래가 들려 모두가 손도 대지 않은 진수성찬에 뿜어버렸던 1초, 사장님과 전 임원들이 참석한 프리젠테이션 진행 도중 띵~ 알림 소리와 함께 '개나물어가 님이 입장하셨습니다' 사인이 대형 모니터에 크게 떴던 1초 - 을 통째로 삭제하고플 땐 지우개가 제격일 것이다. 아예 존재하지 않았던 시간으로 만들고 싶으니까. 하지만 수정테이프는 차원이 다르다. 있었던 사실에 대한 부정이 아니라 수긍의 계단을 하나 밟고 올라 성장하려는 시도와 같다. 이별이라는 종지부이긴 하나, 함께 나누었던 수만 초의 웃음, 행복, 기대, 감사, 만족, 평온, 기쁨, 신남, 즐거움 등이 하나 가득인데 그걸 감히 무 뽑듯 단번에 해치울 수는 없지 않은가. 이런 비루한 변명이라면 지우개보다 수정테이프라고 지적질을 했던 바로 그 순간을 친구도 이해하지 않으려나. 내심 수정테이프로 덮어주길 간

Scotch
CORRECTION
Tombow
MONO
AIR
CORRECTION TAPE
BIC

CORRECTION TAPE
SWING
Refillable Correction
OFF ⟷ ON
HELLO KITTY

절히 바래본다.

내 문구사에서 수정테이프의 족적을 훑어보면 학창시절 수정액에서부터 출발한다. 제일 먼저 썼던 수정액은 붓에 찍어서 사용하는 '바르네 수정액'이었다. 바르네는 국내 최초 출시된 수정액으로 주황색 병과 파랑색 병 2개가 1세트였다. 주황색의 수정액이 되직해서 사용 전 파란색 병의 혼합 용제인 시너를 한두 방울 떨어뜨려 희석하는 방식이었다. 매니큐어를 바르듯 붓으로 수정할 곳 위에 덧바르면 수정은 가능하나 모양새는 볼썽사나워졌다. 잘 희석시키지 못한 경우는 더 두텁게 발려 수정 흉터를 감수해야 했다. 감추려 노력한 일이 마치 만천하에 알려진 느낌이랄까. 하지만 얼마 후 문구점에 획기적인 제품이 등장해, 수정액 세계를 평정하기에 이른다. 바로 펜텔의 '코렉션 펜Correction Pen'이다. 빨간 펜 모양의 수정액은 재질이 말캉말캉한 튜브 타입으로 가볍게 눌러주면 바로 수정이 가능하다. 바르네 수정액에 견주면 아주 편했다. 또 튜브 안쪽에 쇠구슬이 들어있어 사용 전 흔들어주면 성분들이 적당한 농도로 고루 섞여 완벽하게 덮을 수 있다. 튜브를 누르는 힘에 따라 양 조절이 되기 때문에 지우고 싶은 글자수에 따라 감으로 조절하는 것이 센스. 수정 처리 후 마르는 속도도 빠른 편이다. 사용 후 팁 부분은 휴지로 닦아두지 않으면 끝 부분의 수정액이 굳어 다음 사용 때 아주 애를 먹는다. 왈칵 쏟아지거나 하얀 알갱이들이 쏟아지거나. 당시 펜텔 수정펜을 쓰면서 이 편리하고 진귀한 물건을 학용품계에 탄생시켜 준 이에게 어찌나 감사했는지 모른다. 살펴보니 그 공로상의 주인공은 미국의 은행 비서였던 '벳 네스미스 그레이엄Bette Nesmith Graham'이다. 타자기 사용 시 발생하는 오타를 지우기 위해 그녀가 자작으로 만든 하얀 물감이 수정액의 시초가 되었고 지금에 이른 것이다. 21세기 디지털 시대의 오타 만발은 '오나전(완전)'이나 '고나리자(관리자)'라는 급식체를 만들지만, 1950년 타자기 시대의 오타는 수정액이라는 세기의 문구를 만들었다. 벳 여사의 오타 작렬에 진심 감사를 전하는 바이다.

지금은 너무도 편리한 수정테이프를 쓴다. 깔끔하게 원하는 부분 정확하게 가릴 수 있고 건조 시간을 기다릴 필요도 없으며 하얀 아스팔트처럼 깔린 부분에 바로 필기도 가능하다. 수정테이프는 일본의 브랜드 '씨드Seed'에서 1985년 처음 선보였고, 동시에 유럽에도 퍼져 수정계의 리더로 자리잡았다. 그 후 각 문구 브랜드마다 독특한 디자인과 장점을 추가해 앞다퉈 수정테이프를 출시하기에 이르렀다. 수정테이프는 투명한 케이스 안에 릴 테이프가 도르래 방식으로 감긴다. 종이 위에 눌러 원하는 부분까지 밀되, 끝 지점에서는 절도 있는 스텝으로 끊어줘야 마감이 훌륭해진다. 어설픈 결정을 할 경우, 망설임의 흔적은 지저분함으로 남는다. 또 얇은 셀로판지에 수정액이 덧입혀진 형태라, 가끔 예쁜 캐릭터에 속아 집어든 후진 제품 중에는 수정되어야 할 부분에 으깨져서 붙거나 얼룩덜룩 묻어나기도 한다. 더 운 없으면 종이에 밀착되지 않고 하얀 막 전체가 덜썩 떨어져 나가기도 한다. 수정테이프만 수십 군데 브랜드를 사용해 본 결과, 내 선택은 '톰보우 모노 에어Tombow MONO AIR'시리즈와 '플러스 화이퍼 러쉬Plus Whiper Rush'의 수정테이프다. 톰보우 에어 시리즈는 수정테이프를 당길 때 힘을 세게 주지 않아도 손쉽게 끊어낼 수 있는 독특한 디자인이 장점이다. 귀여운 잠금 장치뿐 아니라 테이프의 폭 사이즈도 다양해 글자 크기에 따라 선택 가능하다. 플러스의 화이퍼 러쉬는 볼펜처럼 푸시 방식으로 수정테이프를 넣었다 뺐다 할 수 있어 안전하게 보관이 가능하다. 딱풀로 유명한 아모스의 수정테이프는 종이와 닿는 면이 45° 틀어져 있어 손에 쥐고 사용할 때 인체공학의 최고봉을 경험하며 쓸 수 있어 최근 많이 애용 중이다. 연필이 아닌 볼펜과 수성펜 등 써놓고 후회하거나 몇 초의 시간으로 되돌리고 싶을 때 살포시 수정테이프로 신공을 발휘해 보라. 시간을 거스르는 자, 그대 이름은 수정, 수정, 수정!

이별은 절대 길들여지지 않는다. 지금 당장은 쓰리고 아프고 죽을 것 같지만, 또 거짓말처럼 무뎌지고 밥을 챙기며 웃기도 한다. 그리고 마침내 또 다른 사랑이 내려앉는다. 희미한 옛사랑의 그림자 위로. 지난 사랑에서 터득한 테크닉과 기술이 당신을 더욱 단단하게 만든 까닭이다. 이것이 지우개 대신 수정테이프여야 한다는 나의 최종변론이다. 간만에 그 친구에게 전화를 걸어 맥주 한잔 어떠냐고 물으니, '미안, 나 어제부터 1일인 사람이랑 저녁 약속 있어.' 지금 들으시는 이 소리는, 그렇게 슬퍼서 평생 잊지 못할 것 같은 옛사랑 위에 새로운 사랑이 안착해 신이 난 제 친구의 소리입니다.

벼락 맞은 대추나무 도장

맹세, 맹세,
굳은 맹세

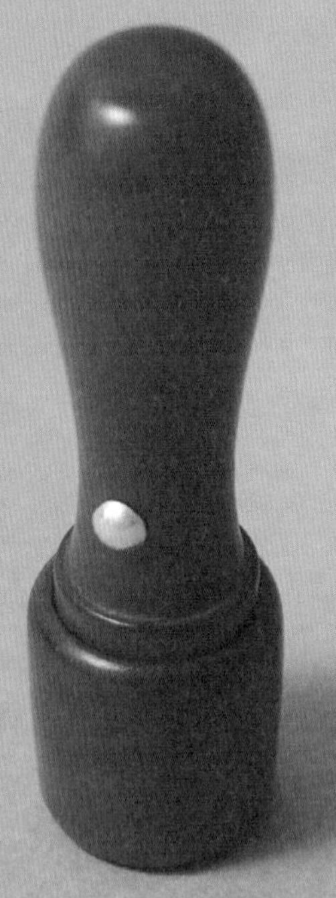

초딩인 조카 녀석들과 이야기하다 보면, 새끼손가락을 번쩍 세워 맞잡아야 할 때가 많다. 뭐든 말만 나오면 내 손을 끌어다 자기 새끼손가락이랑 똬리를 틀어놓고 '약속'을 외친다. 이에 응해 주면 다시 '복사' 하면서 제 손바닥과 내 손바닥을 쓰윽 훑는다. 연이어 '도장'을 외치면서 제 엄지를 들어올려 내 엄지에 대고 꾹꾹 누른다. 이 어린 것이 도장이 뭔 줄 알고 이리도 진지할까 싶지만, 도장이 주는 무언의 무게감과 믿음은 다 큰 나나 어린 조카들이나 같았던 것 같다. 도장이 사용되는 수많은 일이 디지털로 대체되는 요즘은, 더 이상 '도장'이라는 귀한 물건에 힘을 주는 일은 좀처럼 없다.

또 서양에서는 사인 문화가 보편화되어 자필 서명 또한 힘을 갖고 있기에 도장이 설 자리는 더 옹색하게 좁아졌다. 예전에는 미국 비자를 받으려면 대사관의 인터뷰 코스는 필수였다. 심사는 어찌나 까다롭게 진행하는지 미간만 찌푸려도 비자가 반려된다는 소문이 돌 정도였다. 프리랜서였던 나로서는 서류에 의존해야 하는 상황이었다. 구성작가라는 직함은 방송국의 부초 인생임을 대신하는 단어일 뿐. 내가 가진 서류는 달랑 국장의 추천서 한 장이 전부였다. 형식도 뭣도 없는. 이걸로 인터뷰를 하라고? 얼핏 봐도 반성문 같은 느낌의 이 종이 한 장으로? 하지만 놀랍게도 날 인터뷰하던 대사관 직원은 옆자리의 통역관을 통해 얘기를 들은 후 당시 내가 맡고 있던 프로그램을 PC로 확인하고는 바로 통과를 외쳤다. 세상에 이런 일이! 알고 보니 서양 문화는 도장보다 더 힘있는 것이 자필 서명이었고, 국장의 사인은 한국방송공사의 홈페이지와 함께 든든한 내 보증수표가 되어줬던 것이다. 연예인이 아니라면 이제 사인할 기회조차도 희박한 판국이니, 하물며 도장은 더 뒤로 물러앉아 '라떼는 말이야'를 읊조려야 할 판이다.

그럼에도 불구하고 나는 여전히 여러 개의 도장을 소장하고 있고, 그 중 내 나이 15살에 득템한 인감도장은 증명서까지 가지고 있는 귀한 몸이다. 가족 구성원대로 도장 제작을 의뢰해 나눠주신 아버지 말씀에 의하면, 귀한 대추나무로 만든 것이라고 하

셨다. 그것도 그냥 대추나무가 아니라 벼락 맞은 대추나무라나. 각자 잘 관리해서 쓰라 하셨으나 인감을 절대 쓸 일이 없던 학창 시절에는 고이 보관했다가 성인이 된 후 쓰기 시작했다. 출판 관련 혹은 큰 프로젝트 관련 계약서를 쓸 때마다 우아하게 꺼내 힘주어 찍는다. 가끔 도장이 범상치 않아 보인다는 말을 들은 적도 있다. 어릴 적 주워들은 벼락 맞은 대추나무 기억이 떠올라 한번 진지하게 검색을 해보니, 도장 중 가장 상급으로 치는 것이 진짜 벼락 맞은 대추나무로 만든 것이라 한다. 벼락 벽霹과 대추 조棗 자를 사용해 '벽조목霹棗木'으로도 불린다. 다른 나무들에 비해 밀도가 높은 대추나무는 엄청난 고압의 벼락을 맞으면 순식간에 발생하는 열로 숯처럼 타버린다고 한다. 이때 만들어진 탄소 성분은 단단하기가 이를 데 없어 오랫동안 제 형태를 유지하는 것이 특징이란다. 또 조상피셜에 의하면 붉은색 대추가 나쁜 기운을 밀어낸다 하여 벽조목 도장을 몸에 지님으로써 액을 막았다고도 전해진다. 알고 들여다보니 내 인감 도장이 심상치 않다. 그렇게 오랜 시간이 지났음에도 여전히 윤기가 나고 나무 뚜껑도 틀어지지 않고 제 모양 그대로다. 손으로 공들여 파낸 한자의 서체도 꽤 정교하다. 운좋게도 일본 여행을 다녀온 친구가 도장을 담는 작은 지갑을 선물로 주었는데, 마치 이 도장을 위해 만들어진 것처럼 완벽한 쌍을 이루었다. 동전만한 휴대용 인주까지 달려있는 센스. 잘 보관한 탓도 있겠지만 지금도 맨들맨들한 내 인감 도장은 손에 착 감아쥐면 기분이 좋아지곤 한다.

이밖에도 인터넷 서점이 처음 등장하면서 선보였던 투명 아크릴 버전의 책 도장을 한동안 쓰기도 하고, 만년도장으로 유명한 일본 '사치하타Shachihata'의 펜 타입 도장으로 인주도 필요없이 반영구적으로 쓸 수 있는 제품도 사용 중이다. 그러나 나무에서 전해지는 그 따뜻한 느낌과 도장 특유의 잘록한 허리를 지닌 오리지널의 맛을 따라올 순 없다. 한 나라를 대표하는 도장으로 국새를 사용하고, 임금의 도장으로 옥새를 사용했던 만큼, 도장은 개인이나 단체의 아이덴티티를 대신하는 상징이기도 하다. 그러니 자고로 도장은 도장다워야 도장이지 싶다. 살면서 도장 쓸 일이 뭐 그리 있겠냐 하겠지만, 찬찬히 들여다보면 저마다의 인생에 있어 아주 역사적인 날과 도장의 사용이 거의 일치한다는 점에 주목해야 할 것이다. 자신의 이름으로 갖게 되는 집 한 채를 사게 될 때 도장을 찍고, 자신의 이름으로 인쇄되는 멋진 책을 계약할 때도 도장을 찍는다. 또 중요한 문서를 만들어 효력을 갖게 하는 데에도 당사자의 도장이 필수이니, 도장의 힘은 여전히 기세등등하다.

기원전 메소포타미아 문명 시대에도 소유권 표시, 법률이나 계약서 등에 도장이 사용됐다고 하니, 수천 년을 거슬러도 이 작은 도구가 지닌 힘은 변함없이 강하다. 아직 자신의 아이덴티티를 부여할 만한 도장이 없다면, 이참에 하나 장만해 두자. 빨간 인주와 함께 내 연대기 어딘가 중요한 시점에 분명 또렷한 자취를 남겨줄 것이다. 혹시 알아! 작은 도장 옆에 차고 깊은 시름하는 차에, 없던 일도 막 들어올지.

끝으로 내가 가장 불필요하게 느꼈던 도장의 쓰임새를 하나 고발하자면, 바로 어느 대형서점의 계산대다. 분명 내 돈 주고 내가 사는 책인데 책머리나 책 아랫부분에 허락도 없이 날짜 도장을 꾹꾹 찍어댔다. 예상컨대 책 도난을 방지하기 위함일 수 있으나, 빈대 잡자고 초가삼간 태우는 것과 무엇이 다를까 싶다. 게다가 밀봉된 책까지 내가 먼저 개봉하기 전에 점원이 먼저 뜯어 도장을 찍어대니 이런 무례함이 세상 또 어디 있을까 싶었다. 요즘은 상황이 어떤지 잘 모른다. 온라인 서점이 처음 생겼을 때 쾌재를 부르며 갈아탔으니 말이다. 도장, 꼭 써야 할 곳에만 쓰자. 남발했다가는 경칠 수도 있다.

몽블랑 마이스터스튁 만년필

글 쓰는
모든 이들의 로망

사람들은 저마다 로망 한두 개쯤 가슴에 품고 산다. 그 로망이 무형이든 유형이든 몸 안에서 일단 싹을 틔우고 나면, 꽃을 피우고 열매를 맺기 위해 노력하게 만들기도 한다. 글 쓰는 이들의 로망은 누구에게나 회자되는 근사한 문장 혹은 대작을 남기는 것이라고 생각하겠지만, 그건 군자들의 행보이고 소자인 나는 끝내주는 만년필 하나 득템하여 시크한 잉크향을 맡으며 글을 쓰는 것이었다. 끝내주는 만년필이라 함은 바로 당신이 상상하는 그것, '몽블랑Montblanc'이다. 왠지 글을 쓰며 캡 꼭대기에 콕 박힌 만년설 위에 등반해야 할 것 같은 느낌적인 느낌에 사로잡혔고, 그 로망은 적어도 내 주변의 동료들 모두에게 해당되는 것이었다. 그리고 두둥~ 서른 맞이 기념으로 몽블랑 등반에 성공해, 내 만년필 히스토리에 기록을 남기게 되었다.

만년필계의 레전드라 불리는 몽블랑은 왜 그리도 넘사벽의 필기구인지, 왜 글 쓰는 이들의 로망인지 살펴볼 필요가 있겠다. 이 회사의 시작은 1906년이지만, '몽블랑'이라는 이름으로 정식 출생신고를 한 것은 1934년에 이르러서다. 몽블랑의 상징인 '몽블랑 스타'는 설립 초기에 제조된 만년필에는 없었고, 1913년에 처음 적용된 후 1924년 대표라인인 마이스터스튁이 출시되면서 자리를 잡았다. 그리고 1952년 '몽블랑 마이스터스튁 149Montblanc Meisterstück 149'의 탄생으로 만년필 역사에 방점을 찍게 되었다. 마이스터스튁은 마에스트로maestro 즉 명인, 장인, 걸작 등을 의미하는 독일어로 그들 스스로 만년필에 대한 자부심을 담아낸 만년필이다. 그렇다면 이 자부심은 어디서부터 나온 것일까? 바로 한 자루의 만년필에 쏟아 붓는 정성과 노력에서 기인한다. 지금까지도 대부분 수작업으로 이루어지는 몽블랑 만년필은 한 자루의 완성품을 만드는 데 한 달 반 이상 소요되며 펜촉 하나만도 100번의 공정을 훌쩍 넘는다고 한다. 요즘 어지간한 제품의 공정 과정이 컴퓨터를 통한 자동화시스템인 점을 감안하면, 참으로 놀랍지 아니한가. 그것도 모자라 알프스 산맥 최고봉인 몽블랑의 눈을 펜에 입히고 4,819미터의 높이를 골드 닙에 아로새기고 다양한 에디션을 통해 펜촉에 새기는 천차만별의 문양으로 그들만의 펜 철학을 다져왔다. 또 세계적인 문인을 기리며 발자크와 헤밍웨이, 카프카 등의 '작가 에디션Writer's Edition'까지 꾸준히 만들어내니 어찌 마음이 가지 않겠는가.

서른에 쥐게 된 '몽블랑 마이스터스튁 145Montblanc Meisterstück 145 만년필'은 또 다른 세상이었다. 비장한 마음으로 매장에 들어설 때부터 심장이 벌떡벌떡 뛰었다. 생애 첫 몽블랑을 갖게 된다는 설렘 반, 이 비싼 걸 질러도 되나 하는 두려움 반으로 더 가열차게 뛰었다. 함께 구입한 미드나잇 블루 컬러의 잉크를 컨버터에 넣는 동안은 나도 모르게 손이 미세하게 떨렸다. 첫 시필을 하는 순간, 구름을 맛보았다. 파커의 골드 닙과는 또 다른 촉감이었다. 막 포장이 끝난 아스팔트 위를 슝슝 내달리는 느낌이었다. 박경리 선생님이 토지를 써내릴 때 이런 기분이었을까? 독일의 통일 당시 두 총리가 조약서에 서명하면서도 이런 기분이었겠지! 또 캡에 끼워진 골드 클립에는 시리얼 넘버가 새겨져 있고, 배럴과 캡, 트림, 그립 등 만년필의 관절이라고 여겨지는 부분마다 골드 링이 끼워져 있다. 14K 혹은 18K 골드 닙은 몽블랑 고유의 로고와 문양으로 가득 채워져, 글을 쓰는 동안 펜촉에서 아우라가 전해지기도 한다. 이런저런 생각으로 교차하는 만감 속에 써내리는 글자 위에는 내 영혼까지 슬며시 내려앉는 느낌이 든다. '한 번도 안 써본 사람은 있어도 한 번만 써본 사람은 없다'는 말은 누

가 만들었는지 원망스럽지만, 그 무시무시한 말 덕분에 어느덧 마이스터스튁 145를 비롯해 146, 149 등 여러 자루의 몽블랑 만년필을 지니게 되었다. 또 톨스토이 잉크와 셰익스피어 잉크를 번갈아가며 잘 사용하고 있다. 고백하건대 쇼핑 따윈 기대할 수 없는 출장길에서도 청록색 가죽 케이스에 담긴 볼펜과 샤프펜슬 세트를 비행기 면세 타임에 질러줌으로써 나만의 몽블랑 필기구 라인을 완성했다. 여기에 MOU 체결 당시 사인용으로 딱 한번 쓴 몽블랑 노블레스 오블리주Montblanc Noblesse Oblige 라인까지 얻어걸리는 행운으로 마무리!

따지고 보면 만년필은 여타의 필기구와는 달리 출신 성분부터 다르다. 애초에 대중적인 사용 목적이 아니라 특정계층에게 국한된 제품이었던지라 고급화될 수밖에 없었다. 그런 까닭에 지금까지 만년필은 성공을 상징하는 물건으로 인식되고, 몽블랑을 비롯해 파커와 워터맨, 펠리칸 등 다수의 브랜드 대부분이 필기구의 명품 대열에 서 있다. 그러나 제아무리 귀한 만년필이라도 길들임의 과정이 없다면 앞뒤 없이 날뛰는 야생마에 불과하다. 손의 온기를 받아들이고 내가 가고자 하는 방향과 각도를 군말 없이 따라주고, 이를 받아들이는 종이에게도 예를 갖추는 길들임을 온전히 익혀야만 진짜 제값을 하는 명품 만년필이 된다.

《어린왕자Le Petit Prince》에서 어린왕자는 사막여우에게 길들인다는 것이 무슨 의미인지 묻었다. 사막여우는 '그건 관계를 맺는 것'이며 길들이면 서로를 필요로 하게 되고 서로에게 유일한 존재가 된다고 했다. 그럼 어떻게 길들이는 것이냐고 되물었다. 사막여우는 날마다 조금씩 가까이 앉으면 된다고 했다. 만년필도 손에 익을 때까지 매일매일 마주하는 것이 중요하다. 그렇게 서로 길들이고 길들여질 때, 몽블랑도 비로소 펜 뚜껑이 열리기 한 시간 전부터 행복해할 것이다.

내 몽블랑 만년필의 로망은 이루어졌지만, 여기서 끝이 아니다. 이는 그저 수백 가지의 문구 로망 중 하나에 지나지 않을 뿐, 나머지 로망을 실현하기 위해 오늘도 나는 부지런히 소처럼 일한다.

미도리 · 스테들러 · 무인양품 룰러

가끔은, 비뚤어질 테다

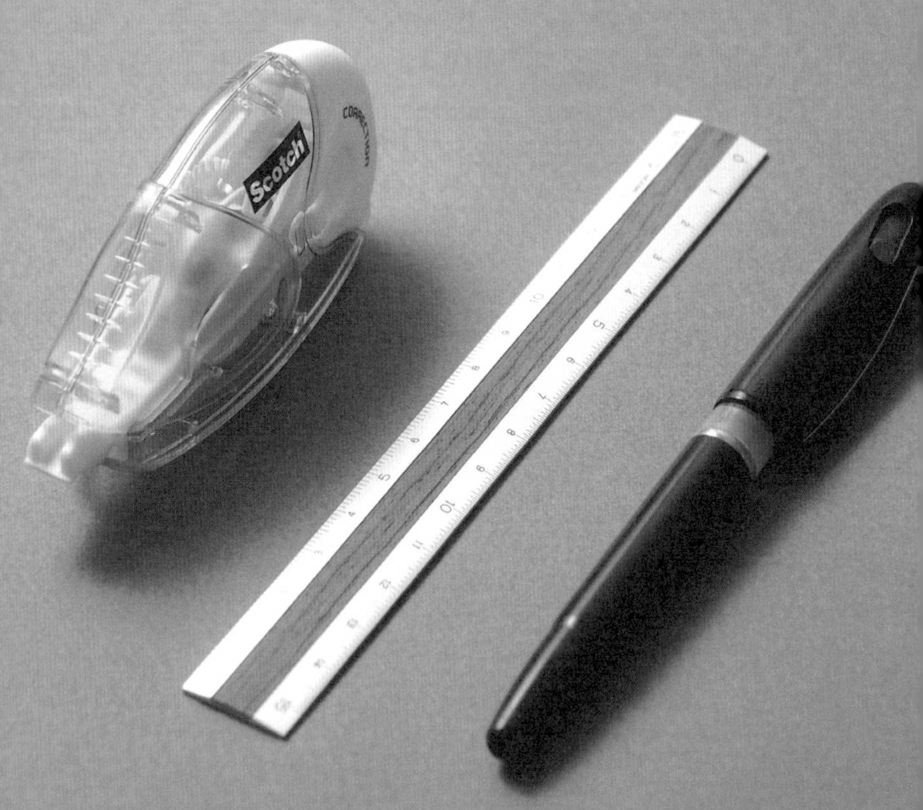

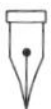

〈수수하지만 굉장해! 교열걸 코노 에츠코〉는 일본 소설을 드라마화한 것으로 국내 케이블TV를 통해 방영돼 많은 인기를 모은 작품이다. 특히 책이나 잡지 등의 출판 일을 하는 이들에게는 교과서처럼 구전되기도 하고, 교정과 교열 작업을 심심치 않게 하는 나도 무척이나 흥미롭게 본 드라마다. 주인공 에츠코는 패션 마니아로 유명 패션잡지의 에디터를 꿈꾸는 취준생이다. 칠전팔기 도전 끝에 해당 출판사에 입사하지만 정작 발령을 받은 곳은 단행본 교열부다. 세상만사 쉬운 일이 하나 없다 했으니, 일단 위층 잡지 부서로의 이동을 호시탐탐 노리며 교열부 생활을 시작한다. 수수한 교열부 팀원들과 달리 화려하다 못해 팡팡 튀는 패션부터 360도 입체 오지랖으로 사건과 사고가 끊이지 않는다. 그러나 그 안에서 에츠코는 책과 저자와 교정교열의 찰진 관계를 배워 교열의 고수로 성장해 가는 내용이다. 특히 교정과 교열을 보는 방식과 요령, 저자를 대하는 마음가짐, 사전의 절대적인 필요성, 조사나 쉼표 하나가 문맥에 미치는 영향, 편집자와의 관계 등 지극히 전문적인 알짜 팁들이 툭툭 튀어나와 꽤 인상적이었다. 그 중에서도 내 눈길을 사로잡은 것은 스타일 넘치는 그녀의 교열 도구였다. 파우치에서 꺼내는 연필과 자, 지우개, 포스트잇 등 기본 문구 세트를 교정지 주변으로 배치하고 나면 교정이 시작된다. 이때 자를 들어 한 줄 한 줄 읽어나가며 표시해야 할 부분에 자를 대고 밑줄을 긋는다. 이처럼 자는 빨간 펜이나 연필만큼 중요한 역할을 하는 교정교열 문구 중 하나다.

'자Ruler'는 요즘 문구 계보에서 서열을 따져보면 순위권 밖으로 밀려난 지 오래다. 학창시절에는 기본 문구로 상시 상위권을 마크했고, 학생뿐 아니라 선생님들에게도 인기 아이템이었다. 학생인 우리에게야 정확한 학용품의 용도였으나 선생님들에게는 사랑의 매 대용이었으니까. 30센티미터 투명 플라스틱 자는 손바닥 위에서 참으로 찰진 소리를 내며 살갗을 파고드는 따가움이 압권이었다. 특히 독종 선생님들의 누런 대나무 자는 플라스틱 자와는 달리 탁한 소리를 내지만 뼛속까지 얼얼하게 만들어 며칠 동안 손바닥을 아리게 만드는 고난이도의 스킬을 구사하기도 했다. 이렇게 추억 속에 남아 있음직한 물건이 지금까지 내겐 주요 문구로 분류되는 것은 교정 작업 때문이다. 프리랜서를 시작하기 전 잠깐 몸담은 곳이 출판사였고, 그 뒤로도 죽 글밥을 먹고 살다보니 자연스럽게 교정과 교열이 꾸준하게 이어졌다. 그래서 따로 마련해 둔 교정 문구 파우치에는 펜텔 트라디오 빨간 수성펜과 함께 수정테이프, 연필, 지우개가 들어있고 화룡점정으로 '미도리 알루미늄 & 우드 룰러Midori Aluminium & Wood Ruler'가 담겨있다. 나무와 알루미늄의 배합이 예뻐서 구입한 이 자는 중간 부분이 아프리카산 부빙가 나무이고 그 주변은 알루미늄이 에워싼 형태다. 부빙가 나무는 결이 예쁘고 강도가 매우 강한 고급 수종으로, 알루미늄과도 잘 어울려 왠지 마음을 끌었다. 위아래 양쪽으로 서로 다른 눈금 표시가 찍혀 있고, 0.5밀리미터 단위로 세밀한 길이를 잴 수도 있다. 또 최근 문구 쇼핑 중 '스테들러 스케일Staedtler Scale'이 발목을 잡아끄는 바람에 어쩔 수 없이 하나 더 영입했다. 스테들러 스케일은 휴대용으로 아주 얇고 작지만 제도용품까지 취급하는 브랜드답게 삼각형 기둥 모양이다. 비율을 달리한 6가지의 축척으로 눈금이 그려져 보다 전문적인 용도로 사용이 가능하다. 물론 교정용으로도 훌륭하며 블랙 컬러라 흰색 대지 위에서 제 역할을 완벽하게 수행한다.

굳이 교정을 볼 때 자가 필요하냐고 의문을 품을 수도 있으나, 직접 경험해 보면 그 쓰임새에 고개를 끄덕일 수밖에 없다. 교정을 봐야 할 대지 위에 빼곡하게 써진 글씨는, 평소 독서를 하는 방식으로 읽었다간 폭망한다. 교정지를 살필 때는 가장 예민한 신경세포를 모두 깨워 뇌와 눈, 그리고 손으로 집중시켜야 한다. 그리고 한 문장씩 열독하며 문맥을 확인해야 하고 틀린 정보는 없는지 파악하는 일과 동시에, 텍스트의 기생충이라 할 수 있는 오탈자까지 철저하게 솎아야 한다. 이 복잡한 과정을 깔끔하게 풀어가려면, 자는 필수다. 한 줄 한 줄 자를 대고 읽으면 글자가 낱개로 분해되어 보이는 효과가 있어 오탈자를 골라내기 쉽고, 수정할 부분에 표시를 한 후 직전 봤던 문장에서 바로 이어 작업이 가능해 이 또한 아주 편하다. 독서할 때 정독하고 싶거나 난독증이 있을 경우 자를 이용하면 꽤 큰 효과를 볼 수 있다. 그냥 지나칠 법한 문장을 곱씹을 수 있는 시간을 얻기도 하고 마음에 드는 문장에 줄을 그어 곧게 표시할 수도 있다. 색다른 독서법이 필요하다면, 자를 이용해볼 것을 권한다.

미도리 알루미늄 & 우드 룰러와 함께 쓰면 좋은 자매품으로는 무인양품의 줄자가 있다. 아주 얇고 작은 줄자로 무게감이 거의 없어 애용하는 제품이다. 이 줄자가 신공을 발휘하는 순간은 쇼핑할 때다. 온라인에서 물건을 구매하는 경우 제품 사이즈를

Scotch
MIDORI

꼭꼭 챙기고 줄자로 실사이즈를 가늠하는 과정을 반드시 거친다. 사진으로만 보고 구매했다가 너무 크거나 너무 작아 낭패를 보기도 했고, 일종의 강박증으로 행하는 일이기도 하다. 작은 문구를 구매할 때도 노트 사이즈와 필기구의 길이 등을 체크하면 교환과 반품의 노동을 줄일 수 있다는 것도 장점이다. 가끔 마트에서 중요한 쇼핑 품목을 구매해야 할 때 챙겨가도 여러 모로 편리하다. 어머니, 이제 자와 줄자 하나쯤은, 필통 속 새 식구로 들이셔야 합니다!

어렸을 적 학교 앞 문구점에서 구매한 자는 우습게도 인쇄된 눈금이 제각각이었다. 비뚤배뚤한 눈금의 결과값은 아이들마다 달랐다. 에게, 겨우 그 정도 가지고? 하며 코웃음칠 수도 있겠으나, 그 미세한 차이에 로켓이 추락하고, 건축물이 무너지고, 달리는 자동차가 급정거할 수도 있다. 더 나아가 자기 멋대로 재단한 자를 들이대면서, 누군가를 재고 퍽퍽하게 밀어붙여 고통을 줄 수도 있다. '자'란 모름지기 정확한 수치를 따질 수 있도록 고정된 값을 지닌 도구다. 교정을 볼 때도, 사랑의 매질을 할 때도, 칼질을 할 때도 있지만, 길이를 재는 용도에 있어선 반드시 절댓값을 지녀야 한다는 점을 기억하자. 그렇지 않다면, 난 비뚤어질 테다.

매거진B 문진 · 포터리반 북엔드

무게감의 클라쓰

자, 신나는 상상을 해보자. 지금 당장 비행기를 타고 멀리 여행을 떠난다. 도착한 장소는 유럽의 어느 한적한 시골 바닷가 마을. 숨을 한껏 들이키면 바다향이 담긴 공기가 꼬숩다. 조용한 마을을 산책하다 문득 아담한 서점을 발견한다. 빼곡하게 책이 들어찬 공간은 아담하고 창가로 들어오는 햇살과 묵은 종이 냄새가 하나 가득이다. 와, 이런 멋진 서점이라니! 감탄사가 절로 나오는 순간, 누군가 나타나 나지막한 목소리로 묻는다. "이 서점의 주인이 되어보시겠어요?" 뜬금없고 황당한 질문에 나도 모르게 고개를 끄덕이고 그날부터 낯선 바닷가 마을에서 작은 서점 주인으로 오래오래 행복하게 살았다. 레드썬! 일장춘몽이었지만 좌절하지 말지어다. 구하면 열리리라. 이는 더 이상 상상이 아니라 100퍼센트 팩트다. 스코틀랜드의 남쪽 해안가 마을 위그타운Wigtown에 있는 서점 〈더 오픈 북The Open Book〉에서 진행 중인 프로그램이다. 이곳은 영국의 책마을로 유명한 '헤이온와이Hay-on-Wye'처럼 국가가 지정한 북타운으로 작은 서점들이 옹기종기 모여 있다. 책을 좋아하는 전 세계 수십만 마니아들의 발길이 끊이지 않고, 출판과 관련된 각종 페스티벌과 행사가 이어진다. 이런 곳에서 서점 주인으로 살아보는 일이야말로 지상 최대의 휴가일 것이다. 미국의 작가 제시카 폭스Jessica Fox의 아이디어로 시작된 이 프로그램은 에어비앤비를 통해 예약이 가능하지만 이미 차고 넘쳐 대기자 명단에나 이름을 올릴 수 있다. 문득 내게 그 기회가 주어진다면, 꼭 챙겨가고 싶은 문구가 있으니 문진과 북엔드다. 서점 한켠에 작은 탁자를 하나 두고 매일매일 새로운 구성의 책 세트를 올려두고 싶다. 흔한 뮤직앱에서 매일 색다른 테마의 음악을 쏘아주는 것처럼 말이다. 네댓 권의 책을 보기 좋게 진열해 북엔드로 마감하고, 그중 하이라이트 한 권을 골라 가장 좋아하는 문장이 있는 페이지를 펼쳐 문진을 올려두기 위함이다. 두 문구 모두 트렁크의 무게를 만만찮게 만들겠지만, 그만한 가치는 충분하다.

'문진'은 종이에 글을 쓰거나 그림을 그릴 때 움직이지 않도록 고정시키는 도구로, 동서양에서 꽤 잔뼈가 굵은 문구다.

T. HESSIN & Co
FOUNTAIN PEN
904 BIRMINGHAM
T. HESSIN & Co
BIRMINGHAM
No 905
Bronze.
T. HESSIN & Co
No 908
BIRMINGHAM
Bronze.
T. HESSIN & Co.
No 909
BIRMINGHAM
Blue.
T. HESSIN & Co
BIRMINGHAM
No 910

1840년대 중반 베네치아 유리 공예가들이 만든 글라스 문진Glass PaperWeight을 시작으로 유럽의 귀족이나 왕족들이 향유하는 고가의 예술품으로 등극하는 등 꽤 고고한 리즈 시절을 보냈다. 중국과 한국에서도 서예와 그림용 화구의 하나로, 선비들의 문방 필수템 중 하나였다. 종이를 누르는 용도라 '서진'이라고도 불리는 문진은 비취나 옥, 금속 등의 귀한 재료로 만들기도 하고 모양도 새와 꽃, 동물 등 천차만별이었다. 결국 동서양을 막론하고 문진은 사치품의 하나로 당시 저마다의 개성과 취향을 한껏 표현했던 것으로 보인다. 묵직한 무게감만큼이나 제값을 했던 모양이다. 어린 시절 선풍기 앞에서 공부라도 할라치면 교과서나 두툼한 학습지가 제멋대로 춤추며 넘어갈 때마다 냅다 필통으로 눌러두곤 했는데, 지금은 필통 대신 우아하게 문진을 쓰는 나이가 됐다. '매뉴스크립트Manuscript'의 캘리그래피 세트를 사면서 딸려온 묵직한 유리 문진을 한동안 써오다가, 극강의 심플함으로 마음에 콕 박혀버린 녀석으로 갈아탔다. 〈매거진B〉의 굿즈로 한동안 판매됐던 문진인데, 표지를 장식하는 'B' 로고와 똑같은 사이즈로 만들어진 블랙 컬러가 아주 시크하다. 밑줄 그어둔 문장을 옮겨 쓸 때도 해당 페이지에 문진을 올려두면 편하게 쓸 수 있다. 마치 앞서 문을 열고 들어간 누군가가 뒤에 따라가는 나를 위해 문을 잡아주는 배려마냥 따숩다. 그러다 그냥 책상 위에 던져두면 소품인 척 변신을 하고, 눕혀 놓으면 연필꽂이인 척하는 재주꾼이기도 해 한번 준 마음이 좀처럼 거둬지지 않는다. 다만 바닥에 맞닿는 면적이 작은 편이라, 버르장머리 없는 두꺼운 책과의 힘겨루기에서는 여지없이 밀리는 단점이 있다. 또 문진 사용 시 꼭 신경 써야 할 부분은 무게감이 엄청나기 때문에 빌등과 발가락을 조심해야 하며, 덤벙대는 성격이라면 생략해도 될 문구되시겠다.

'북엔드Bookend'는 책을 세워둘 때 쓰러지지 않도록 양쪽에서 고정시켜주는 지지대로, 이 역시 무게감이 만만치 않다. 책장의 칸마다 잘 채워진 책들은 상관없지만, 덜 채워 공간이 생긴 경우 책이 쓰러지지 않게 잡아주거나 책장이나 책꽂이 없이 책을 세워둘 경우에는 반드시 필요한 아이템이다. 신기하게도 북엔드는 국내 문구 시장에서 여느 문구들과 비교하면 황무지 수준의 미개척 분야다. 고작해야 'ㄴ' 모양의 얇은 쇠 프레임이 전부다. 그에 비하면 해외 북엔드 시장은 르네상스 시대라 해도 과언이 아니다. 북엔드 자체를 인테리어 소품으로 간주해 집 안 곳곳에 두고 장식품으로 사용할 만큼 예술성과 기능성을 고루 갖춘 물건이다. 신화 속에 나오는 조각상에서 동물이나 과일, 영화 속 주인공이 등장하기도 하고, 미술 작가들의 작품에 이르기까지 스펙트럼 또한 넓다. 나 역시 20년 전 미국 여행 중 북엔드를 살포시 질러 낑낑대며 들고 와 지금까지 잘 쓰고 있다. '포터리반 PotteryBarn'의 '아이언 체어스Iron Chairs' 북엔드는 얼핏 보면 미니어처 의자로 보이나 직접 들어보면 그 무게에 깜짝 놀라고 만다. 책의 무게를 버텨야 하기 때문에 문진의 무게와는 비교도 안될 만큼 헤비급이라는 사실. 대리석이나 돌 소재가 많은 것도 그런 이유에서다. 물욕이 충천하던 시절에 샀던지라 구입한 사실도 잊은 채 지내다 대청소 도중 찾아낸 건 안 비밀이다.

그래서 문진과 북엔드는 내 문구 계보의 적당한 균형감을 주는 녀석들이다. 작고 가벼운 것 일색인 문구와 뭐 이런 것까지 싶은 자질구레한 문구를 총망라해, 두 녀석이 지긋이 눌러줌으로써 무게중심을 잡는다고 할까. 위그타운의 〈더 오픈 북 서점〉 한 켠에서 그곳의 책들과 인사하며 돈독히 우정을 쌓는 데에도 저 정도의 묵직함이라면 충분하지 싶다. 이 와중에 마음속이 또 들쭉날쭉 나댄다. 저 무거운 걸 들고 8,000킬로미터를 간다고? 가서 사는 게 낫지 않겠어? 더 빈티지하고 예쁜 것도 많을 텐데! 갑자기 머릿속에서 묵직한 목소리가 메아리친다. 뽑힌 것도 아닌데, 김칫국 좀 그만 마시렴.

Confessions of a Shopaholic
SOPHIE KINSELLA
man and boy tony parsons
Restaurants & More London
TASCHEN

페이퍼53 · 와콤 스타일러스펜 · 애플 펜슬

디지털 문구의 역습

X세대의 꼬리표를 달고 살았던 세대들은 반인반수마냥 반아날로그와 반디지털의 산증인들이다. 카세트테이프와 레코드로 음악 좀 즐기고 살았다면 마이마이Mymy라는 단어에 반문을 하지 않으며, 온몸에 개그 본능이 있었다면 '김수한무거북이와두루미~'를 시작해도 익숙하다. 또 일상이던 PC통신과 나우누리, 천리안으로 채팅을 하고 원고용 자료를 갈무리할 줄도 알며, 넷스케이프와 익스플로러가 세상에 첫선을 보인 날도 기억한다. 아, 이쯤 하니 '옛날사람'이라고 불려도 이상할 것이 없고 조상님이라고 놀려도 할 말이 없다. 그뿐인가. 검정색 무전기 같은 휴대폰으로 처음 통화할 때 주변의 불편한 시선들과 벽돌 사이즈의 디지털 카메라를 보고 '가벼운 필름 카메라 두고 그런 걸 왜?'라고 대놓고 물었다. 하루가 멀다 하고 서점에서 잡지와 신간을 사들이

던 그때, 전자책이라는 단어는 이맛살을 찌푸리는 대상이기도 했다. 그저 신문물의 등장만으로 선무당이 사람 잡는 류의 온갖 뉴스들은 MP3 때문에 카세트테이프와 레코드가 사라질 것이고, 전자책으로 서점은 곧 망할 것이며, 디지털 카메라로 필름 카메라는 머잖아 사장될 것이라 했다. 쯧쯧쯧… Z세대와 밀레니얼세대들의 개취로 반전이 될 줄은 몰랐던 게지. 그리고 지금 세상은 반아날로그와 반디지털의 산증인인 우리들도 비교적 쉽게 적응할 만큼 모든 것이 공존하고 있다. 행복하게도.

저 바깥세상이 격동의 시대를 살아갈 때, 문구는 운 좋게도 평화 그 자체였다. 많은 아날로그 문화들이 타격을 입고 역사 속으로 묻혀도, 사람의 손을 타야 하는 문구 특성상 비교적 꾸준히 사랑받고 있기 때문이다. 두둥! 그러나 2010년 혜성처럼 등장한 애플Apple 아이패드iPad로 새로운 국면을 맞이하게 된다. 아이패드는 노트북과 스마트폰의 장점을 한데 모은 마법의 장비로 당시 '혁신'이라는 칭찬을 한몸에 받았다. 게다가 아이패드용 애플리케이션으로 굿노트Goodnotes, 뱀부 페이퍼Bamboo paper, 몰스킨Moleskine 등 다수의 종이 대체 앱이 출시되면서 더욱 입지를 굳혔다. 이때부터 이른바 '디지털 펜Digital pen'이라는 장르가 새 챕터를 쓰게 된다. 물론 기존에 스마트폰용으로 쓰였던 정전식 터치

펜은 손가락을 대신하는 고무 팁이 달린 것으로 디지털 펜의 초기 형태로 보면 될 듯하다. 뭐든 새로 나오면 써봐야 직성이 풀리는 병에 걸려 있던 나는, 아이패드를 시작으로 다양한 노트 관련 앱을 무료든 유료든 닥치는 대로 구매해 쓰기 시작했다. 또 블루투스 기능이 포함된 스타일러스 펜Stylus pen이 속속 출시돼 걸맞은 펜을 찾기 위해 엄청난 손품을 팔았다. 급기야 한순간에 안착할 만한 앱과 펜을 동시에 찾았으니, '페이퍼53Paper53'과 '펜슬53pencil53'이 바로 그 주인공이다.

페이퍼53은 오프라인 공책의 숨결을 맛볼 수 있게 만든 앱으로, 노트를 한 권씩 생성시켜 사용가능하고 노트명과 표지를 마음대로 꾸밀 수 있다. 또 만년필과 연필, 수성펜, 지우개 등의 필기구를 다양하게 쓸 수 있고, 앱 자체의 디자인과 인터페이스도 우아하다. 이 엘레강스한 노트를 평범하게 쓸 수 없으니, 페이퍼53에서 함께 출시한 펜슬53까지 질러주는 것은 센스. 어마어마한 배송비를 물어가며 직구를 감행했다. 펜슬53을 마주한 순간, 문구를 상대로 치고 들어오는 디지털의 반격에 탄성이 절로 나왔다. 연필의 속성을 그대로 살려 나무로 만든 데다 팁 부분까지 연필심 모양의 디자인을 도입해 아날로그 감성을 그대로 느낄 수 있었다. 심지어 펜슬 상단의 팁은 실제 연필 지우개처럼 스크

option

린에 대고 문지르면 지울 수 있는 기능까지 포함되었다. 평소 연필을 쥐었던 손은 나무를 익숙하게 받아들였고, 아이패드 화면에서 미끄러지는 질감 또한 매끈했다. 스크린을 통해 페이퍼53의 노트에 글씨를 쓰고 그림을 그리고 색칠을 하고 필요한 부분을 가위로 오리고 맘에 안 들면 지우개로 지우는 것까지 완벽하게 처리했다. 화면을 꼬집으면 노트가 접히고 두 손가락을 벌리면 새 노트가 펼쳐졌다. 게다가 감압 기능까지 포함돼 펜에 가하는 압력에 따라 컬러의 농도 표현도 가능하고, 두 가지 색상을 믹스 하는 등 거의 천하무적이었다. 기획회의나 미팅에서도 꽤나 유용했는데 몇 가지 작동만 시전해도 모두들 입이 떡 벌어져 정체를 물어왔다. 아, 이 뿌듯함! 절대 안 가르쳐줘. 그 후로도 페이퍼 앱은 계속 업데이트를 통해, 노트 내지의 종류도 플레인에서 모눈종이, 라인, 투두리스트까지 선보였고 문서 작성이나 꾸미기에 유용한 액션을 추가해 나를 즐겁게 했다.

둘째가라면 서러운 자매품을 하나 더 소개하면, 뱀부 페이퍼 앱과 와콤 인튜어스 크리에이티브 스타일러스Wacom Intuos Creative Stylus다. 그래픽 태블릿 디바이스의 강자인 와콤 제품답게 미적 감각은 기본이고, 노트 표지 색상을 고를 때도 선택 장애가 생길 만큼 예쁜 컬러가 수두룩하다. 뱀부 페이퍼 또한 6가지의 필기

Book
8 페이지들
Greeting
option
cmd
한/A

도구를 제공해 드로잉과 스케치, 채색 등 원하는 작업의 만족도를 높여준다. 인튜어스 크리에이티브 스타일러스 펜은 2,048단계의 감압 레벨 조절이 가능해 종이에 필기를 하는 것처럼 아주 가볍게 써내려도 바로 반응한다. 또 펜 케이스가 있어 필통에 연필을 담듯 보관할 수 있는 것도 나름 아날로그 냄새를 폴폴 풍긴다. 디지털 펜은 확실히 아날로그 문구와는 달리 편하고 쉽다. 여러 종류의 필기구와 물감, 크레용 등의 컬러 도구들까지 펜 하나로 해결할 수 있고, 종이를 고민하지 않아도 되는 부분은 엄청난 장점이다. 그래서 한동안 아이패드와 디지털 펜에 주력해 보았으나, 자꾸만 마음이 가출을 했다. 손이 가요 손이 가~ 아날로그 문구에 손이 가요. 오른손 왼손 자꾸만 손이 가~. 흠잡을 데 없이 너무도 훌륭한 외모지만 그 완벽함에 오히려 부자연스럽고 인간미가 없어 보이는 느낌이랄까. 2퍼센트 부족한 그것을 결국 채울 길이 없어 아날로그에 올인하는 길을 선택했다. 여기에 결정타가 있었으니, 디지털 펜의 최강자 '애플 펜슬Apple Pencil'의 등장으로 페이퍼53도 펜슬 파트를 접고 애플 펜슬과의 협업 체제로 돌아선 것이다. 흠, 나의 배신을 알아버린 게지.

내 문구 세상에서 디지털의 반격은 삼일천하로 스러져 갔고, 다시 평온한 시대를 지내고 있다. 아주 가끔 그림을 그려 본다거나 색다른 작업이 필요할 때 인사를 나누곤 하는 것으로 정리했다. 따라서 결론은 문구만큼은 제아무리 섹시한 디지털이 들이댄다고 해도, 아날로그의 '강려크한' 손맛을 절대 추월할 순 없다는 것이다. 아날로그 완승!

팔로미노 블랙윙 연필

치명적인
연필 한 자루의 매력

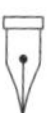

마음의 준비도 없이 만났다. 위대하고 위대한 '윌리엄 셰익스피어William Shakespeare'를. 따로 설명하지 않아도 우리가 모두 아는 유명한 극작가다. 글을 쓰는 사람이라면 이런 역사적인 인물을 알현할 기회가 생긴다면 주저 없이 나서게 마련이다. 영국 출장길에 우연히 들른 워릭셔주 스트랫퍼드 어폰 에이번Warwickshire Stratford-upon-Avon은 알고 보니, 셰익스피어의 마을이었다. 그가 나고 자란 고향이기도 하고, 그의 인생 전반에 걸친 장소들을 모두 유지·보존해 힙한 관광명소로도 소문난 곳이었다. 아, 그분을 만나라는 하늘의 계시로구나! 작정하고도 갈 판인데 우연으로 셰익스피어의 생가를 맞닥뜨리게 됐으니 그의 기운이 나를 이끈 것이 분명해. 벅차오르는 마음을 누르고 그의 생가에 첫발을 디뎠을 때, 막 귀에서 종소리가 댕그랑댕그랑 울리거나 하진 않았지만 대신 내 주변의 모든 것이 일순간에 정지된 듯했다. 왜 아니겠는가. 수백 년 전 이 자리에 서 있었던 그와 지금 이 자리에 서 있는 나. 우리 둘 사이의 엄청난 시간이 응축되어 완전히 겹쳐진 것이니 당연했다. 뒷마당에서 셰익스피어가 남긴 명대사를 외치는 배우들의 목소리를 들으며, 거실과 침실, 부엌, 다락방을 돌며 〈인터스텔라〉의 책장처럼 시공간을 넘나드는 비상구를 찾기라도 하듯 구석구석 탐색했다. 너무 거창한 거 아니냐고 할 수 있겠지만, 셰익스피어도 사람이었던 만큼 숱한 대작을 남기기 위해 한 개의 단어를 고민하고 한 줄 문장을 위해 며칠씩 씨름했을 것이다. 이미 창작의 고통을 겪었던 그와 지금도 겪고 있는 사람으로서, 그 흔적과 영혼을 잠시라도 공유하고 싶은 마음은 절실할 수밖에 없었다.

같은 맥락에서 문구를 톺아보면, 대표적인 예로 '블랙윙Blackwing 연필'을 꼽을 수 있겠다. 블랙윙과 안면을 트고 우정을 쌓아온 지 6년째다. 나름 취향이 비슷한 친구가 자신의 블로그에 소개하면서 필통과 노트 그리고 블랙윙 연필을 세트로 공구하길래, 일초도 망설이지 않고 구매했다. 배송받자마자 블랙윙 한 자루를 곱게 깎아 종이 위에서 첫 마라톤을 마쳤을 때, 내 마음을 모두 바치고 싶을 만큼 반해 버렸고 가장 애정하는 연필로 등극했다. 품질을 논하기 앞서, 블랙윙 연필이 셰익스피어의 생가와 비교 대상이 되는 부분은 바로 우수 사용자 명단에 있다. 소설가 존 스타인벡John Steinbeck을 필두로 음악가 레너드 번스타인Leonard Bernstein, 루니툰의 창시자 척 존스Chuck Jones, 디즈니 애니메이터 샤머스 컬하인Shamus Culhane 등등 저명한 예술가들이 줄줄이 이어진다. 아카데미와 퓰리처, 에미, 그래미를 거머쥔 다수의 수상자들까지도 '블랙윙 602 연필'을 극찬하고 또 극찬한다. 블랙윙 602는 1930년대 '에버하드 파버 연필 회사Eberhad Faber Pencil co.'에서 선보인 제품으로, 연필 끝에 달린 착탈식 네모 지우개와 부드러운 연필심으로 꾸준한 사랑을 받다가 1988년 생산을 중단했다. 블랙윙 602의 팬덤이 워낙 컸던지라, 시중에 남아있던 제품이 이베이에서 한 자루에 40달러에 팔리는 해프닝까지 생길 정도였다. 여전히 연필로 작업을 하는 여러 분야의 전문가들은 급기야 블랙윙 연필의 부활을 도모해, '팔로미노Palomino'에 요청하기에 이르렀다. 드림 컴 트루~. 원형을 살린 블랙윙 602가 2010년도에 컴백하며 여전히 연필 시장에서 장기 집권 중이다. 이는 한 자루의 연필에 불과하지만 유명 예술가들과 함께 블랙윙 602 대열에 서 있다는 생각에 묘한 쾌감이 느껴지기 때문이 아닐까.

블랙윙은 '고급지다' 라는 유행어에 딱 어울리는 연필이다. 일단 재료부터 신선하다. 팔로미노의 모기업인 캘리포니아 시더 프로덕트 컴퍼니의 고급 향삼나무와 일본산 프리미엄 흑연을 사용해, 단단하면서도 부드러운 특징을 골고루 살렸다. 또 육각형의 연필 끝부분에는 블랙윙의 아이콘으로 불리는 클램프 이레이저Clamp Eraser가 달려 있어 지우개가 닳아도 리필 지우개를 새로 끼워 쓸 수 있다. 현재 블랙윙 제품은 회색의 블랙윙 602 모델과 흰색의 블랙윙 펄Pearl, 검정색의 블랙윙 매트Matte, 브라운 색의 내츄럴Natural로 구성되어 있다. 물론 색깔만 차이를 둔 것이 아니라, 연필심의 경도와 농도를 모두 차별화해 운영한다. 단 여느 연필처럼 4B, 2B, H 등으로 딱 떨어지지 않고 소프트Soft · 펌Firm · 밸런스드Balanced · 엑스트라펌Extra-Firm 등으로 구분 짓는다. 첫 사용에 혼을 쏙 빼놓은 검정색 블랙윙은 4B에 가까운 소프트 타입으로, 카페라테의 우유 거품을 마시다가 아인슈페너의 거품에 경악했던 느낌과 견줄 만하다. 종이와 마찰할 때의 그 촉감은 쓸 때마다 기분이 좋다. 왁스와 진흙의 황금 비율로 제조된 프리미엄 흑연 덕분에, 농도 차이는 있으나 필기 촉감은 블랙윙 전 제품에서 비슷하게 느껴볼 수 있다. 전화 통화 시 메모지와 연필이 필수인 내게는, 평소 움직이는 동선을 따라 블랙윙 연필을 하나씩 구비해 두는 습관도 덩달아 생겼다.

모르는 사람들은 블랙윙 영업사업인 줄 착각할 수도 있겠으나, 써본 경험을 나누고자 하니 멈출 수가 없다. 블랙윙은 이제 연필을 넘어 하나의 문화를 만들어 간다는 점에서도 살짝 경의를 표한다. 연필 한 자루 아니 한 다스씩, 12자루 세트를 기본으로 판매하며 가격 또한 사악하다. 하지만 구입해서 쓸 때마다 그 수익금의 일부가 블랙윙 재단을 통해 어린 아이들과 학생들의 음악과 미술 교육에 쓰인다니 OK! 연필의 부활 속에 일조했던 예술가들의 혼을 다음 세대에게 이어가는 모양새는, 블랙윙을 쓰는 나까지도 기분 좋게 만든다.

이 일환으로 선보인 것이 바로 리미티드 에디션인 '볼륨 Volumes'이다. 볼륨 역시 문구계에 불고 있는 계절 신상 트렌드로, 분기별로 선보이는 블랙윙의 신상 연필 시리즈이다. 음악, 미술, 체육, 문학 등 예술 전반에 걸쳐 영향을 준 인물이나 사물, 장소를 골라 색다른 컬러 디자인과 함께 VOL. 뒤에 숫자로 명명한다. 아, 이 시리즈 덕에 통장이 텅장이 됐고 여전히 출시하는 신상 볼륨은 이를 악물게 한다. 지난 분기에 출시된 'VOL.155 바우하우스 Bauhaus'는 전 세계 품절 사태에 이르렀다. 몇날 며칠을 국내외 온라인 문구 상점을 뒤지고 뒤져 운 좋게 득템하니, 내가 나를 칭찬했다. 진짜 이게 뭐라고! 앗, 이젠 볼륨 시리즈의 정기구독 시스템까지 도입하다니, 너모해 너모해~!

비뚤어진 마케팅 상술이라는 비판도 있으나, 그것은 구매자가 판단할 몫이고 소문에 견주어 터무니없는 제품의 퀄리티라면 분명 그 상술도 오래 가지 않을 것이다. 머릿속에서 휘몰아치는 상상과 수시로 번뜩이는 아이디어가 몸을 타고 팔꿈치로 진입해 손끝에 도달하면, 그 바통을 이어받아 하얀 종이 위에 정착시켜 주는 데 블랙윙만한 녀석이 없다. 연필 한 자루로 글씨 쓰는 즐거움과 누군가의 재능에 작은 빛을 비춰주는 데 일조를 할 수 있다니, 그것만으로도 충분하다. 그래서 오늘도 셰익스피어와 존 스타인벡과의 접신을 꿈꾸며 블랙윙 연필의 날개를 펼친다.

12 FIRM
GRAPHITE PENCILS
12 LIMITED EDITION PENCILS

피스카스 가위 · 마패드 핑킹 가위 · 코쿠요 삭사

원샷원킬의 신공

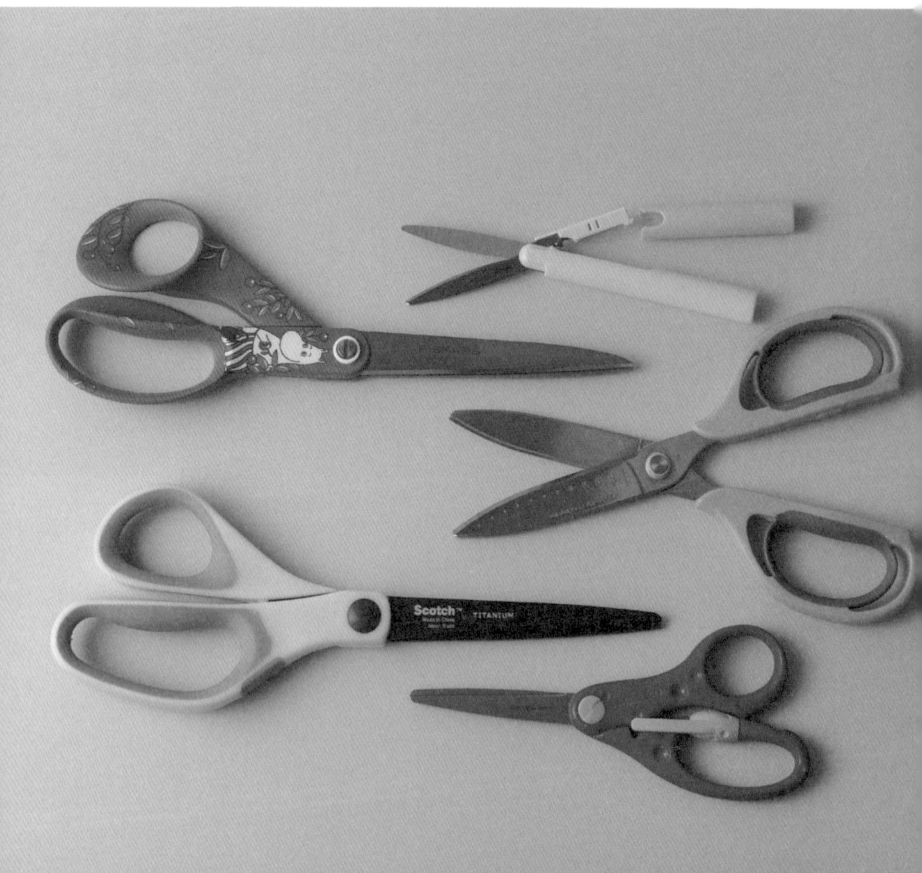

초등학교, 아니 국민학교에 입학하기 전, 매일 아침 출근하는 아버지한테 받은 동전을 들고 나는 동네 문구점으로 출근했다. '종이인형'을 사기 위해서다. 요즘과 달리 놀거리가 궁핍했던 그 당시 종이인형은 나의 최애 장난감이었다. 현란한 색상의 인형과 의상이 인쇄된 한 장의 두꺼운 종이, 너무 단순해 장난감이라고 부르기도 민망하겠으나, 그 당시 내 또래의 여자아이라면 엄지를 치켜세울 만큼 대단한 것이다. 종이인형을 사 들고 집에 와 가위로 오리는 것은 나만의 아침 의식이었다. 2D 종이인형에게 옷을 입히려면 옷에 인쇄된 고리부분을 잘 오려야 하는 게 관건이다. 나의 기억도 그러하지만, 부모님의 증언을 빌자면 어린 나이에 가르쳐주지도 않은 가위질을 어찌나 잘 하는지 혀를 내두를 지경이라고 했다. 너무 어렸던지라 기억이 가물가물하나 가위를 들고 옷이 인쇄된 종이를 이리저리 돌려가며 두 손 신공을 펼쳤던 이미지가 부분부분 떠오른다. 그리고 엄마 화장대 왼쪽 서랍에 종이인형과 옷, 가위를 보관했고, 간혹 디자인에 따라 복잡한 의상과 액세서리가 많을 경우 며칠에 나눠 가위질을 했다. 곧 3D 버전의 '마론인형'으로 대체되긴 했으나, 디지털과 아날로그가 병행하듯 종이인형과 마론인형을 함께 가지고 놀았다. 급기야 종이인형의 최정점을 찍는 위업을 이룩하게 된다. 바야흐로 때는 국딩이 6학년. 같은 반 절친 4명이 모여 정기적으로 종이인형 버전의 미스유니버스 대회를 열었다. 미의 기준이 미스코리아로 집결되던 시절이므로, 어린 마음에도 글로벌한 콘셉트로 미스유니버스를 생각해낸 듯하다. 암튼 기성 순정만화가 뺨치는 수준의 K가 그림을 담당하고, 스케치가 끝나면 방과 후 집에 모여 가위질을 하고 공통 수영복에 파란 물감으로 채색을 했다. 그리고 제비뽑기를 통해 1인당 7~8개의 나라 대표를 겟하고, 2차 심사용 이브닝드레스 작업에 들어갔다. 그리고 상장과 트로피, 왕관 작업까지 마치고 나면 보름은 훌쩍 지난다. 그리고 정해진 휴일에 모여 대회를 열고, 각자 심사위원의 자격으로 배틀에 들어갔다. 탈락과 선발을 몇 차례나 거친 후 최종 결승전에 돌입해 마지막 한 명의 우승자를 뽑았다. 무엇 때문에? 나도 모른다. 그렇지만 우리 4명은 모두 진지했고 흡족했다. 무엇보다 재미있고 또 신났다. 이 큰일을 해내는 데에는 내 어린 시절의 손 테크닉과 함께 가위가 있었기 때문이다.

우리가 아주 어렸을 때 처음 손에 익히는 공구가 가위다. 수많은 용도 중 문구로서의 가위와 제일 먼저 인사 나눈다. 색종이를 오려 공작을 하던 가위는 함께 나이를 먹으며 우리 일상에 무섭게 파고들어 없어서는 안 되는 필수품으로 자생한다. 아마 써왔던 가위만 세어 봐도 가늠키 어려운 것은 나뿐만이 아닐 것이다. 시도 때도 없이 무뎌지거나 끈적한 것들이 들러붙어 주야장천 사들이는 품목이기도 하다. 가장 많이 구입한 브랜드로 치면, '평화Peace'와 '3M 스카치3M Scotch'다. 이들 브랜드 중 최종 안착해 사용하는 제품은 '평화 블랙 코팅 가위'와 '3M 프리미엄 티타늄 가위'다. 블랙 코팅 가위는 전체가 검정색으로 테프론 코팅이 되어 있어 끈적임이 남지 않는 제품이고, 프리미엄 티타늄 가위는 티타늄 코팅으로 10만 번의 가위질도 거뜬하게 소화하며 역시 끈적임을 방지하는 제품이다. 광고는 광고일 뿐, 두 제품 모두 테이프를 여러 차례 연거푸 사용하다 보면 여느 가위와 별반 다르지 않다. 그래서 아예 용도에 따라 구분해 사용 중이다.

어느 문구든 역사와 전통이 빵빵한 '메이커' 제품이 존재하듯 가위도 예외는 아니다. 깔끔한 작업을 할 때만 꺼내 쓰는 귀한 몸이 있으니, '피스카스Fiskars 가위'다. 1649년에 태어난 북유럽 핀란드 출신의 피스카스는 무려 370살에 가까운 노장의 몸이지만, 철공소 출신답게 여전히 건재함을 자랑하는 가위 브랜드다. 오렌지색 손잡이가 트레이드마크인 피스카스는 미국에서도 열 집 중 한 집은 보유하고 있으며, 세계적으로 10억 개가 넘는 가위가 판매될 만큼 유명하다. 클래식 시리즈부터 펑셔널 폼 시리즈, 키친 시리즈뿐 아니라 전문가들이 사용하는 커팅 툴와 아트나이프에 이르기까지 그 제품의 폭도 엄청나다. 최근 트렌드이기도 한 협업 버전까지 심심찮게 등장하며, 현재 사용 중인 가위도 토베 얀손의 무민Moomin 캐릭터와 컬래버레이션한 제품으로 빨간색 손잡이에 무민마마가 새겨져 있다. 지금 우리가 사용하는 가위의 형태 또한 피스카스에 의해 정립된 것으로, 1967년 세계 최초로 플라스틱 손잡이가 달린 가위를 만든 기록을 보유하고 있다. 엄지손가락과 나머지 네 손가락을 피스카스 가위에 끼워 넣으면, 손에 꼭 맞는 장갑을 낀 듯 자연스럽다. 가위질을 하는 순간에도 손가락이 아프거나 불편하지 않고, 잘 다듬어진 가윗날은 두 개의 날이 스치기만 해도 스르륵 미끄러지며 원하는 부분을 해체해 마치 홍해를 가르는 듯하다. 잘려나간 부분도 깎아지른 듯 깔끔하다. 참 신기하게도 장수 제품들은 하나같이 이름값을 톡톡히 한다. 몸값이 나가는 건 흠좀무('흠, 이게 사실이라면 좀 무서운걸'). 또 피스카스 가위는 웰메이드답게 수명이 길어, 대를 물려 사용하는 일도 흔하고 너무 오래 사용해 손잡이가 깨져나가도 가윗날의 기세는 한결같다고 한다. 가위를 안전하게 보관할 수 있도록 가윗날 부분에 플라스틱 캡을 제공해 수납도 편하다. 이유 있는 환상의 바디라인과 선명한 오렌지 컬러의 외모로 레드닷과 굿디자인상까지 받았으니, 가위도 아름다울 수 있다는 것, 피스카스가 증명해낸 것이다.

피스카스와 함께 용도별로 쓰는 가위를 소개하면, 마패드Maped의 '크레아컷CreaCut 핑킹 가위 세트'다. 이 제품은 한 개의 손잡이와 8개의 가윗날로 구성돼, 패턴이 서로 다른 가윗날을 바꿔가며 쓸 수 있다. 핑킹가위를 비롯해 톱니, 물결 등 개성 있는 모양으로 자를 수 있어 활용도가 높다. 알록달록한 색의 가위는 분명 아이들 눈높이 제품이라 하겠지만, 선물 포장 시 예쁜 마무리로 격을 높여주는 데 이만한 가위도 없다. 가끔 쓰고 있는 노트에 뭔가 변화를 주고 싶거나 섹션 구분을 하고 싶을 때 해당 페이지의 엣지나 원하는 부분을 오려낼 때도 유용하다. 골라 쓰는 재미의 지그재그 가위는 조카들의 습격을 피해 숨겨 두었다가, 어디에 두었는지 기억을 못해 한참 숨바꼭질을 하기도 했다. 끝으로

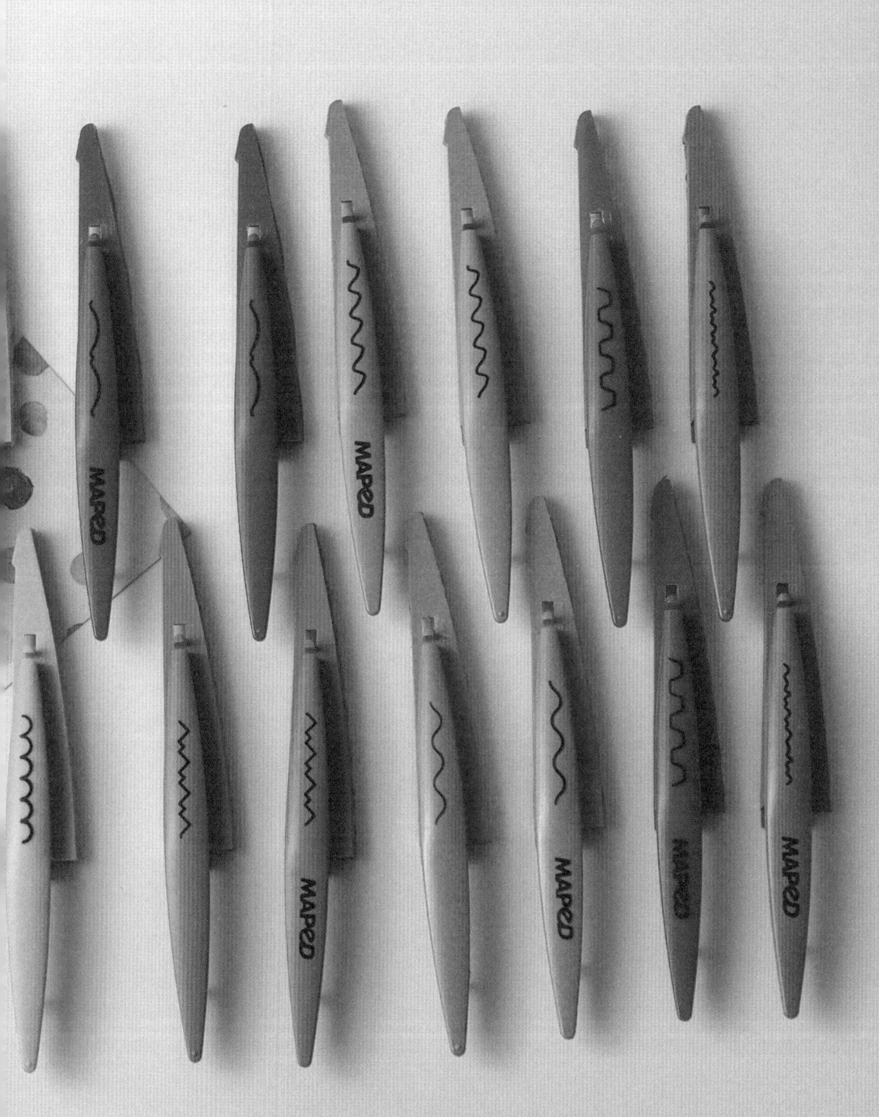
MAPED
MAPED
MAPED
MAPED
MAPED
MAPED

꽤나 유용한 팁 하나 보태겠다. 여행과 출장에서 터득한 노하우 중 하나로, 여행 중에는 가위의 사용도가 '은근히'가 아니라 대놓고 많다. 쇼핑한 제품들의 태그를 제거하거나 챙겨간 옷의 실밥이 늘어졌거나 각종 포장을 뜯을 때, 손으로 직접 하려다 낭패를 보는 일이 많다. 이럴 때 큰 가위 대신 휴대용 가위 하나 챙기면 여행의 질이 달라진다는 사실. 10년 전 '무지Muji'에서 구매한 스틱형 가위는 이제 여행 동반자로, 아예 트렁크 속에 집 짓고 살다가 어디론가 떠날 때 소리 없이 따라붙는다. 얼핏 보면 볼펜 같은 모양인데, 뚜껑만 열면 웅크리고 있던 가윗날이 펼쳐지면서 열일한다. 보관과 휴대까지 편리해, 공항 이용 시 수하물 속에 묻어두면 아무 문제없다.

'바느질아치는 가위질을 더디게 한다'는 속담이 있다. 눈 감고도 할 만큼 능숙한 일이지만, 그럴수록 더욱 더 신중하게 임하는 자세를 빗댄 말이다. 가위 사전에는 일보 전진은 있으나 후퇴란 절대 없다. 한번 잘려진 것은 원상태로 되돌릴 수 없으니, 손에 가위를 들었다면 경거망동하지 말고 심사숙고한 후 '원샷원킬'하여라.

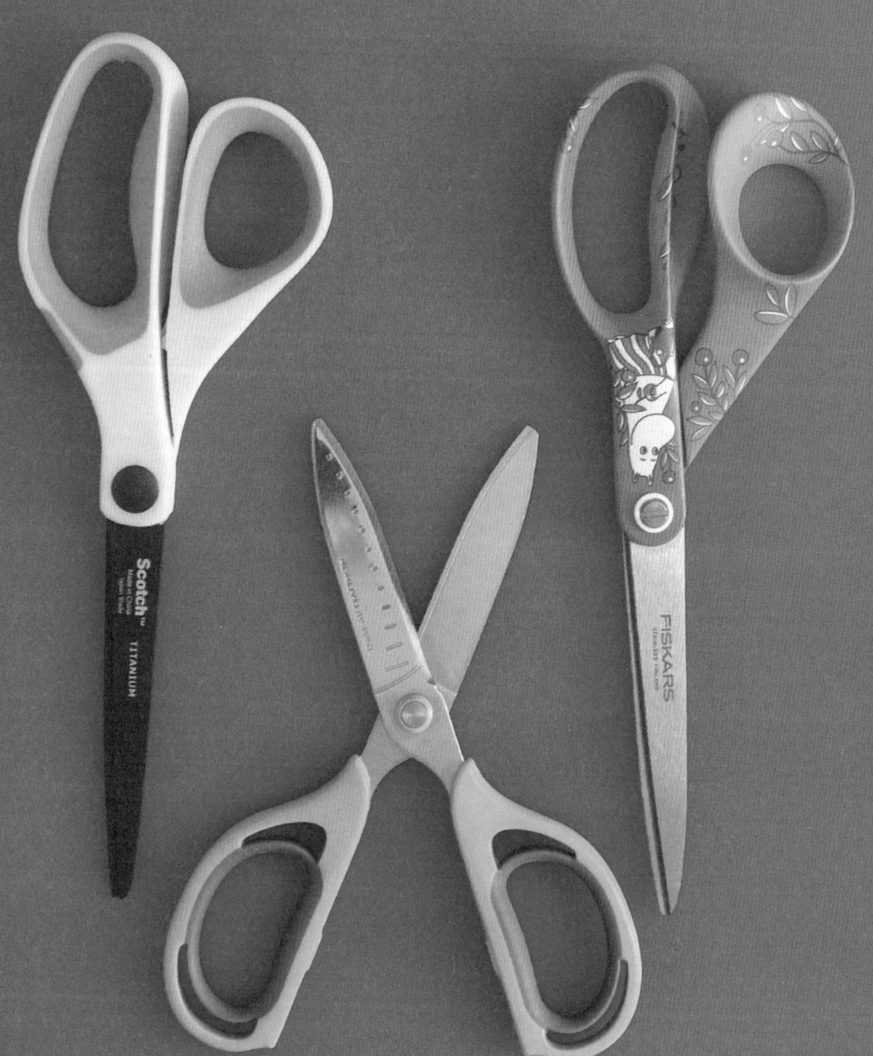
Scotch™
TITANIUM
FISKARS

칼 엔젤-5 로얄 · 덕스 어드저스터블 펜슬 샤프너

보스턴 연필깎이의 추억

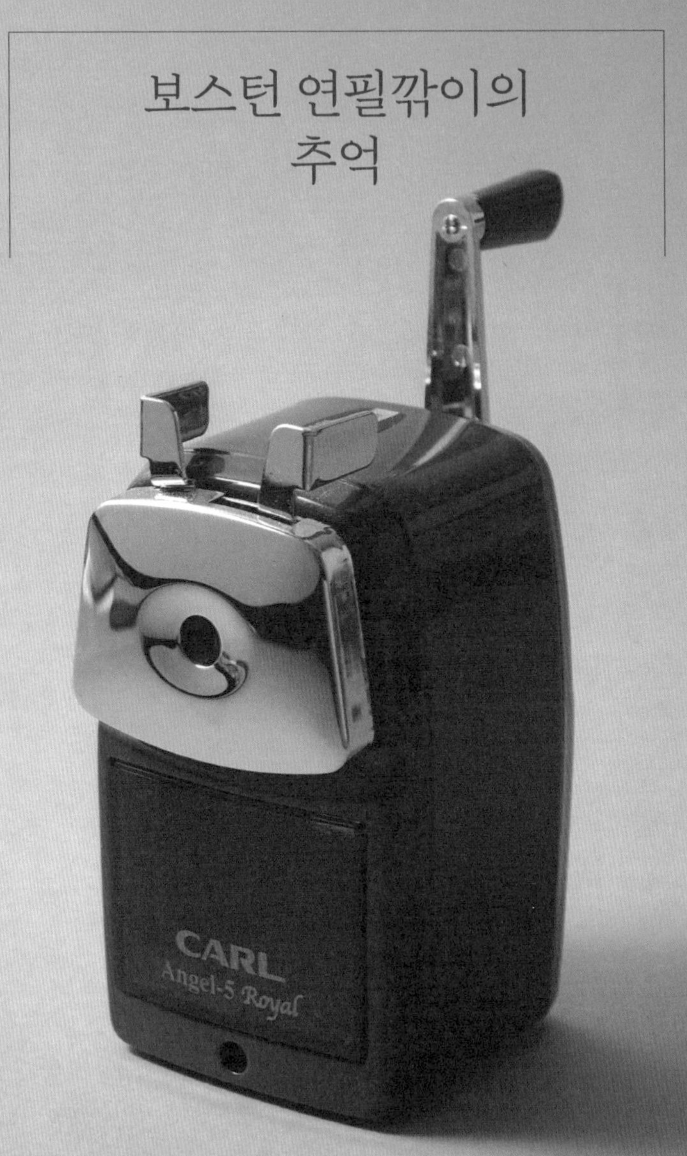

서점 매대에서 《연필깎기의 정석》이라는 제목의 책을 보고 '언빌리버블!'이라는 말이 터져 나왔다. 미국 스쿨버스를 연상케 하는 노랑과 검정색 컬러의 표지 디자인과 연필 그림, '장인의 혼이 담겼다'는 문구가 단번에 나를 사로잡았다. 연필 깎는 장인이라니. 놀라움에 덥석 집어 들었던 이 책은 뉴욕에서 활동하는 만화가 데이비드 리스David Rees가 쓴 것으로, 직업에 연결된 도구를 다루다 자신의 숨은 천재성과 재능을 찾아낸 결과물을 기록한 것이다. 연필 마니아로서 우주보다 더 큰 공감을 불러일으켰던 것은 물론이고, 연필 한 자루를 깎는다는 게 이다지도 심오한 일일 줄은 미처 몰랐다. 게다가 장인으로서 연필을 깎아주는 '프로페셔널 샤퍼'로 사업을 하는 그에게 언젠가 아끼고 아끼는 연필 한 자루를 꼭 의뢰하고 싶어졌다. 그의 책에는 연필을 깎기 전 준

비운동과 체조법, 연필깎기의 기본 준비물, 직업에 따라 다르게 구사되는 깎기 테크닉 등등 어느 것 하나 버릴 수 없는 내용으로 가득하다. 의뢰인들에게 완성 연필을 보낼 때 깎아낸 연필밥까지 챙겨 보내며 배송 중 연필 끝이 부러지거나 상하지 않도록 비닐 튜브에 넣어 배송하는 치밀함까지… 그야말로 디테일의 끝을 본 것 같았다. 하긴 연필을 깎아주는 회사를 운영한다는 것도 보통 일이 아니고, 기꺼이 의뢰하는 고객들도 범상치 않다. 이런 예민한 사람들 같으니라구, 너무 근사하자나욧!

그럼에도 나는 한 번도 칼로 연필을 깎아본 적이 없다. 그저 연필깎이가 없는 사람들이 부득이하게 감수하는 일이라고만 여겼다. 물론 지금이야 그런 생각 따위 1도 없으나, 여전히 칼로 연필을 깎지 않으며 데이비드처럼 경지에 오르지 못했으니 삐뚤빼뚤하게 깎인 그 단면을 견딜 수 없어서라도 손으로 깎은 연필을 좋아하지 않는다. 이는 내 인생 첫 연필깎이의 카리스마 덕분이다.

당시 연필깎이는 꽤나 귀한 문구 중 하나였고 껌 모양의 검정색 '도루코Dorco 문구도 새마을칼'-음, 또다시 문구계의 시조새라 하겠군-이 다수의 연필을 담당하던 때다. 우리 집 연필깎이는 신기하게도 커다란 나무 도마 위에 나사로 고정시킨 형태였다. 원래 책상 혹은 테이블에 장착하는 형태였지만, 필요할 때마다 꺼내 쓰기 쉽도록 엄마가 만들어주신 것이다. 연필을 깎을 때 그 묵직한 나무는 중심을 잡아주는 역할을 했다. 연필깎이는 달걀처럼 약간 타원형의 스틸 몸통에, 연필을 꽂는 부분은 흡사 연탄처럼 다양한 크기의 구멍이 나 있었다. 연필의 두께에 맞춰 홀을 맞춰 준 후 손잡이만 돌리면 안에서 두 개의 회전날이 알아서 처리하는 방식이다. 연필을 깎을 때 그 특유의 느낌은 꽤 단단하면서도 부드러웠고, 열심히 돌리던 손잡이가 헛돈다 싶으면 완성을 알리는 신호다. 자기 직전 하나의 의식을 치르듯 매일 연필을 깎았다. 필통에 마련된 자리는 총 다섯 개, 한 자루씩 연필을 잘 깎아 키 순서대로 안착시킨 후 필통 뚜껑의 자석을 또깍 붙이면 비로소 나의 하루가 끝이 났다. 뭉툭해진 못난이 연필을 넣어 뾰족하게 솟아오른 연필심과 만나면 참 기분이 좋았다. 또 한참을 깎다 연필밥이 가득 차오르면 몸통을 살짝 비틀어 분리해 비워주는 것이 전부다. 암튼 언젠가 그 연필깎이의 정체가 궁금해 구글링을 해보니, 미국의 연필깎이 양대 산맥 중 하나인 '보스턴 펜슬 샤프너Boston Pencil Sharpner'의 제품이었다. 무려 1899년에 설립됐다고 하니 깎기 내공이 거저 나온 것이 아니었구나 싶다. 중간에 X-ACTO사에 인수되어 이름은 달라졌으나 보스턴 펜슬 샤프너의 전통과 기술력은 물론 디자인까지 유지한 채 지금까지 다양한 형태의 연필깎이를 제조하고 있다. 눈이 다 부실 만큼 스뎅스

CARL
Angel-5 Royal
EDTLER yellow pencil 134-HB

뎅 느낌의 신품은 어쩐지 내게는 매력이 느껴지지 않지만. 아무튼 그 연필깎이는 보스턴 가문의 귀한 혈통으로 내게 그다지도 존재감이 컸다는 사실을 알게 됐다.

지금은 그럼 뭘로 깎느냐고? 쿨럭쿨럭. 여러 가지를 쓰고 있습니다만. 족히 20년 넘게 나와 조카들의 무수한 연필을 촌철살인으로 해결해 준 제품은 놀랍게도 '가파맥스Kapamax'의 '피크닉 온 컬러' 연필깎이다. 고장 한 번 없이 제 일을 어찌나 훌륭히 수행하고 있는지 단연 훈장감이다. 연필의 비스듬한 나무 속살은 비교적 매끈하고, 흑연심은 송곳과 견줄 만큼 뾰족하도록 완성도가 높다. 쓸 때마다 가성비를 넘어 가심비를 칭찬할 수밖에 없다. 굳이 단점을 찾아내라고 한다면, 네버엔딩 핸들질. 연필이 다 깎이면 핸들이 헛돌게 마련인데 느슨해지는 느낌 없이 계속 돌리면 돌아간다는 점 정도다. 동급의 '파버 카스텔 테이블 샤프너 1822Faber-Castell Table Sharpener1822'가 화려한 겉모습과 달리, 연필을 물렸던 자리에 울퉁불퉁 이빨 자국을 남기는 '무매너'라는 데 견주면 카파맥스 제품은 사랑받아 마땅하다. 이렇게 카파맥스가 집에서 내조를 한다면, 작업실에서 외조를 하는 연필깎이는 '칼 엔젤-5 로얄CARL Angel-5 Royal'이다. 이 제품은 연필에 흠뻑 빠져 있는 사람이라면 누구나 한 대씩 보유할 만큼 연필깎이업계에서는 알아주는 녀석이다. 칼 브랜드는 1947년 설립된 일본의 사무용품 제조사로, 펀치와 종이 트리머, 연필깎이로 잔뼈가 굵다. 무엇보다 놀라운 점은 디자인이다. 1963년에 처음 선보였던 연필깎이가 지금도 내가 사용하는 그 모습 그대로라는 점이다. 수많은 문구 장수 브랜드들이 시대에 맞춰 모던한 디자인으로 바꾸는 등 변화를 추구하는 데 반해, 엔젤-5 연필깎이는 방부제를 먹고 세월을 비껴간 듯 똑같다. 연필을 깎는 순기능에 정확하게 초점을 맞춘 엔젤-5는 테크닉도 우수하다. 알루미늄 바디의 묵직함과 귀를 쫑긋 세운 모양은 언제, 어떤 연필이 들어오든 다 품어줄 것 같다. 뒤쪽 핸들 부분에는 심을 조절할 수 있는 버튼이 있어 선택 가능한데 도도한 연필심에 집착하는 나는 무조건 0.5밀리로 깎는다. 엔젤-5의 고강도 칼날 덕분에 오래 돌리지 않아도 금세 깎이는 것도 장점이다. 대신 뾰족하게 완성된 연필의 심 보호를 위해 안전모를 씌우듯 항상 연필깍지를 끼워 보관한다.

거치형만 두고 쓴다면 연필이 무척이나 서운해 할 터, 밖에서도 연필을 사용하다 깎을 일이 생기니 이럴 땐 휴대용 연필깎이가 한몫을 해낸다. 앞서 살핀 거치형은 대부분 드럼형 칼날이지만, 휴대형은 일반 외날 칼이다. 그래서 칼날의 스펙이 좋지 않으면, 연필의 나뭇결이 거칠어져 손에 쥐었을 때 불쾌하고, 깎을 때

DUX
Spitzer · Sharpener
Taille crayon · Sacapuntas
DUX 2580N
Made in Germany

도 연필밥이 계속 끊긴다. 숙련된 조교로서 팁을 주면, 한 손에 휴대용 연필깎이를 쥐고 다른 한손으로 연필을 돌릴 때 짧게 끊어 여러 번 돌리지 말고, 손목을 깊이 틀어 한 번에 연필을 감아 돌리면 흡족한 연필 완성품을 만날 수 있다. 휴대용 연필깎이로는 예뻐서 사들인 스테들러, 파버 카스텔, 밀란 등 다수의 제품이 있긴 하나, 덕스Dux가 평정한 이후로 모두 휴업 중이다. '덕스 어드저스터블 펜슬 샤프너DUX Adjustable Pencil Sharpener'는 1950년대 산 독일발 제품으로, 가죽 케이스에 금을 연상케 하는 황동 연필깎기를 품은 모양새다. 테이블 위에 올려만 놓아도 다들 '이 귀여운 것의 정체는 무언가요?'라고 묻다가 실체를 알고 나면 근엄한 연필깎이에 압도당하곤 한다. 옆면의 클러치를 돌리면 총 3단계로 심 조절이 가능한데 이는 출시 당시 디자이너, 건축가, 아티스트 등을 염두에 두고 만들었기 때문이라고 한다. 다만 34g의 무게감은 안 그래도 무거운 나의 필통에 일조하고 있으나, 급하게 연필을 달래고 얼러야 할 때 이만한 것이 없다. 덕스의 '글라스 잉크웰 펜슬 샤프너DUX glass inkwell Pencil Sharpener'도 함께 구입했지만, 이 잉크병 모양의 연필깎이는 연필을 세워 보관하는 소품으로만 쓰고 있다. 아마도 한동안 내게 휴대용 연필깎이의 순위 변동은 없을 듯하다. 사족 같지만, 가장 최악인 제품을 꼽자면 파나소닉Panasonic의 자동 연필깎이다. 자동 연필깎이를 진즉부터 선보였던 파나소닉의 역사는 인정되나, 동그란 사과 모양의 이 제품은 한 번 쓰고 기함했고 두 번 쓰고 치웠다. ASMR로 들어도 될 만큼 감성 사운드로 분류되는 나무 깎는 소리 대신 나무를 완전히 갈아버리는 느낌의 전기톱 소리라니! 연필에게 있어 자동이나 전동 제품군은 호러 장르로 분류될 것이 분명하다고 믿으며, 앞으로도 연필 깎는 일만큼은 끝까지 아날로그로 달릴 생각이다.

초딩 시절의 내 인생 연필깎이, 보스턴 펜슬 샤프너는 먼 미래에 나와 연필의 관계, 나아가 내 운명까지 꿰뚫었던 것일까. 한껏 예리하게 깎은 연필을 필통에서 빼다가 그만 손바닥에 꽂힌 적이 있다. 빨건 피가 뚝뚝. 내 눈물도 뚝뚝. 엄마 손에 의해 바로 연필을 빼긴 했으나 연필심은 부러져 있었고 차마 어린 마음에 손바닥을 들여다보지 못했다. 아주 작은 연필심이 여전히 박혀 있는지 아님 그저 속살에 발라진 흑연 흔적인지 모르겠지만, 그 자리는 여전히 시커멓다. 보스턴 연필깎이와 연필의 합작으로 찍힌 흑연 낙인으로, 이렇게 글밥을 먹고 사는가 보다. 나, 몸에 연필심 있는 여자야아~!

크레인앤코 노트와 카드

세상에서 가장 무거운 기쁨

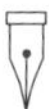

영혼의 약국 '시레나포테크Seelenapotheke.' 가슴은 따뜻하고 머리는 서늘해지는 말로 세계에서 가장 오래된 도서관 입구에 써진 현판 문구다. 이곳은 스위스의 대표적인 수도원 지역으로 손꼽히는 장크트갈렌St.Gallen의 수도원 도서관Abbey Library이다. 육체가 아닌 상처 난 정신을 치유해 주는 곳, 동서고금을 막론하고 '책'은 만병통치약으로 통하는 모양이다. 약국 문을 통과해 도서관 안으로 첫발을 디뎠을 때, 영혼이 빠져나간 듯 절로 입이 떡 벌어졌다. 단언컨대 '압도적이다'라는 단어는 여기 온 누군가가 만든 말이 아닐까 싶을 만큼, 공기의 카리스마와 공간의 아우라만으로 옴죽 달싹할 수 없었다. 719년에 만들어졌으니 시간의 무게에 책의 무게까지 더해져 나를 바닥으로 누르는 기분이었다. 커다란 홀을 둘러보니 돔 형태로 파인 천장에는 바로크풍의 프레스코화가 웅장하게 펼쳐졌고, 벽 쪽으로 에워싼 1층과 2층 발코니 서가에는 책이 빼곡하게 들어차 있었다. 세상에, 이렇게 근사한 도서관이라니! 저 많은 처방전이라면 온 세상의 병도 다 고칠 것 같았다. 이곳에 옹기종기 모여 사는 책만 무려 17만 권에 달하고, 손으로 직접 쓰고 그린 필사본 고서도 2,000권이 넘는다. 애초 이 장소는 베네딕트 수도사들의 필사실이었고 그들이 직접 쓴 책들이 그대로 보존되어 있는 것이다. 아, 소름. 아름다운 소름. 자, 생각해 보자. 인쇄술이 존재하지 않던 때 풀이나 동물의 피부를 이용한 파피루스나 양피지에 일일이 손으로 글씨를 쓰고

그림을 그리는 모습을 말이다. 마음에 드는 문장 하나 옮겨 적는 것도 가끔 너무 길면 밑줄 그어 생략할 지경인데, 두꺼운 책 한 권을 손으로 쓴다는 것은 보통 일이 아니다. 유리 진열대에 전시된 필사본을 직접 확인한 순간, 또 다시 소름. 누군가 얘기해 주지 않았다면 사람이 쓴 글씨가 아니라 클래식한 폰트를 구매해 제작한 인쇄본으로 착각할 만큼 상상도 할 수 없는 완벽한 필체였다. 캘리그래피도 이런 필사와 맞물려 뿌리내리게 된 것은 의심할 여지가 없다. 양가죽을 표백해 만든 양피지에 한 글자 한 글자 정성스럽게 써 내린 책을 둘러보니, 이곳이야말로 가장 원초적인 '라이팅Writing'의 역사적 장소가 아닐까 싶었다. 묵은 종이 냄새와 섞인 책 공기를 들이마실 때마다 울컥하는 마음을 달래고 달랜 후, 방명록에 내 필사를 남기고 왔다. 들어갈 때 놀란 영혼이 나올 때 뿌듯해하니, 진정 영혼의 약국 맞다.

종이는 문구의 어머니다. 만약 종이가 없었다면, 수많은 필기구는 벽이나 땅바닥을 헤매다 멸종했을 것이다. 아무리 디지털로 초토화 되어가는 일상에서도 우리는 하루에도 수십 번씩 종이와 조우하며 산다. 서류를 만들고, 출력하고, 책을 읽고, 영수증을 받고, 휴지를 쓰고, 돈을 센다. 그래서 이다지도 존재감이 센 종이를 어머니로 모시는 의미에서, 난 종이 집착증을 갖고 사는 편이다. 노트를 고를 때도 까탈스럽게 종이 질을 따진다. 종이 질에 따라 흑연과 잉크, 물감 등을 받아들이는 마인드도 다르고 완성 후 품어주고 소화하는 능력 또한 판이하다. 이로 인해 여행 중 보이는 족족 노트를 사들여 해당 도시를 그 종이로 기억하는 습관도 갖게 되었고, 호텔 룸에 비치된 편지지와 편지봉투를 수거해 오는 병도 생겼다. 물론 요즘은 박정해진 호텔 인심으로 좀처럼 찾아보기 힘들긴 하지만.

나의 종이홀릭에 더욱 박차를 가했던 시기가 있었으니, 바로 홍대 예술서점 '아티누스Artinus' 시절이다. 추억 돋는 이 서점은 당시 한 출판사에서 야심차게 오픈했던 곳으로, 귀한 예술서적뿐 아니라 문구까지 갖춰 참새 방앗간마냥 드나들곤 했다. 소설가 백영옥과 김영하의 글에서도 아티누스를 발견했을 때 내 맘 같았던 부분을 발견했으니, 이곳은 꽤 절대적인 곳이었다. 무엇보다 나의 종이 덕질에 불씨를 댕긴 곳이기도 하다. '크레인앤코Crane&Co. 스테이셔너리'가 그 주인공 되시겠다. 각종 사이즈의 플랫형 카드와 폴딩형 카드가 봉투와 함께 10매 혹은 20매씩 세트로 담긴 박스 제품으로, 이름의 알파벳에 맞춰 살 수 있는 이니셜 시리즈, 테두리만 포일스탬핑 처리된 미니멀 시리즈, 엠보싱과 디보싱 처리로 꽃이나 새, 깃털 등 작은 사물이 박혀 있는 디자인 시리즈 등이 있다. 사이즈도 다양해 A4와 레터 사이즈를 포함해 A6, A5 등등… 용도에 맞춰 고르기만 하면 됐다. 아티누스를 방문할 때마다 새로 입고된 박스 세트들을 의무감으로 사들였다. 아니, 사지 않으면 밤에 쉬 잠들지 못했다. 신나는 저지름이었으나 뒷감당은 버거운 몸값. 하지만 누군가에게 축하의 글을 쓰거나 안부의 글을 써서 보낼 때의 즐거움, 또 그것을 받는 이들의 얼굴에 절로 번지는 미소를 생각하면 그만한 가치는 충분했다. '크레인앤코 스테이셔너리'가 종이계의 명품인 이유는 바로 원료 때문이다. 우리는 나무에서 뽑아낸 펄프를 이용해 종이를 만든다는 것을 익히 알고 있으나, 크레인앤코의 종이는 특별하다. 100퍼센트 코튼 페이퍼Cotton Paper로, 목화에서 추출한 파인 파이버와 회수된 의류에서 뽑은 면섬유를 이용해 만들기 때문이다. 이는 펄프 타입보다 더 바삭거리면서 부드럽고 또 밝아, 종이 위에 어떤 것이 더해지든 발색이 뛰어나다. 게다가 화학적 프로세싱 과정도 펄프형 종이보다 훨씬 적어 친환경적이라는 점도 마음에 든다. 종이 퀄리티도 선택할 수 있는데 내가 애정하는 것은 '키드 피니쉬Kid Finish 타입'으로 아기 살결처럼 처리돼 종이 질감이 맨들맨들 보들보들하다. 또 면의 질기고 강한 장점 덕에 크레인앤코는 미국의 지폐와 정부의 선언문, 기업의 주식과 채권 등의 인쇄 용도로 두루 쓰인다. 200년 전 크레인 가문에서 시작한

면종이 한 장으로, 검보다 펜이 강하다는 사실을 직접 보여준 셈이다.

언젠가 미국의 한 마트에서 충격적인 광경을 목격한 적이 있다. 긴 진열대의 한쪽 섹션이 전부 카드였다. 상상해보라, 마트에서 과자를 사기 위해 양쪽으로 펼쳐진 진열대로 들어섰는데 전부 카드라면! 감사, 미안, 행복, 축하, 엄마, 아빠, 친구, 합격, 응원, 동생, 오빠, 형, 안부 등 나열하기도 벅찰 정도다. 그 아름다운 풍경에 혼을 빼앗긴 사람처럼 꽤 오랫동안 구경했던 기억이 난다. '꼭 말로 해야 알아?'라는 말을 끔찍하게 싫어하는 나는, 꼭 말로 해야 한다는 주의다. '고맙다, 감사하다, 사랑한다, 미안하다, 축하한다, 멋지다' 등등은 직접 말하지 않으면 아무도 모른다. 시시콜콜한 이야기라도 입으로 소곤소곤 말하고, 손으로 꼬물꼬물 써서 전해야 진심까지 전해지는 법이다. 뭐 카드 쓸 일이 그리 있겠냐 하지만 반품으로 보내는 택배에도, 리뷰용 제품을 돌려보낼 때도, 누군가의 안부를 물을 때도 완전 애용하는 아이템이다. 편지지나 카드 위에 가만히 손을 얹어 어루만져보라. 그렇게 따뜻할 수가 없다. 예쁜 말과 기운 나는 말로 보온의 효과를 더하면, 받는 사람은 일 년 내내 즐겁다. 세상에서 가장 가벼운 물건이 전하는 가장 무거운 기쁨일 테니….

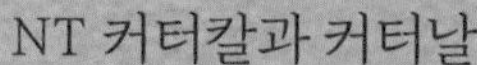

칼처럼 살아가는
단호박 라이프

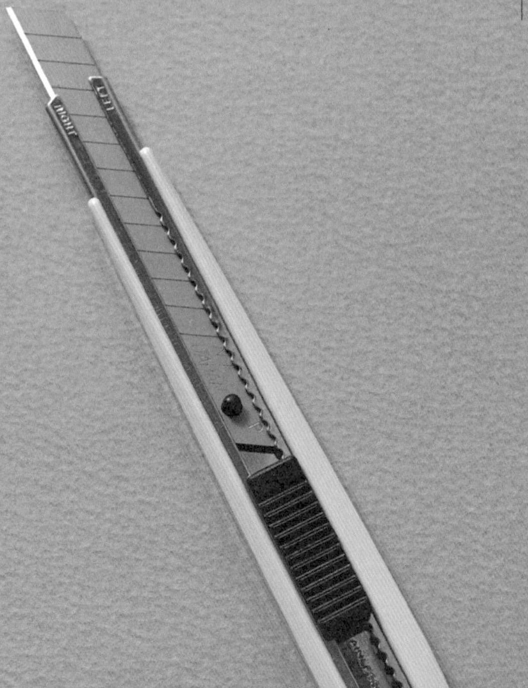

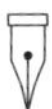

오늘도 어김없이 택배를 받았다. 커터칼Cutter Knife을 들어 좌우 꺾인 양쪽 부분에 한 번씩 짧게, 가운데 부분을 얕고 길게 한 번 그어주면 그토록 기다리고 기다리던 물건과 만날 수 있다. 여기서 끝이 아니다. 다시 물건의 깔끔한 개봉을 위해 나비처럼 칼을 들어 벌처럼 그어주면 더 완벽하다. 온라인 쇼핑과 언택트의 조합으로 하루가 다르게 늘어가는 택배 덕에, 나는 아니 우리는 매일 커터칼을 품고 산다. 문구로서 칼의 쓰임새가 거의 사라졌다가 역주행해 순위권에 진입한 케이스다. 물론 칼 본연의 의무보다는 과도하게 편중된 용도로 주로 사용되지만, 이 분야에 있어선 가위보다는 확실히 칼이 훨씬 유용하다. 단 '칼날 주의'라는 경고 문구처럼 테크닉이 반드시 필요하니 보다 많은 쇼핑 라이프를 즐기며 실력을 키워나가야 한다. 여느 문구와는 다르게 내 칼의 변천사가 단조롭고 커터칼의 기억만 가득한 것을 보면, 상당히 오래전부터 커터칼은 대중적인 문구로 자리를 잡은 듯하다. 차이가 있다면 도루코와 평화, 그리고 모닝글로리를 거쳐 'NT 커터칼NT Cutter'로의 브랜드 변화 정도다.

칼 갈아요! 칼 갈아요! 어린 시절 골목에서 두부 아저씨 종소리 못지않게 자주 들리던 소리다. 집집마다 식칼을 든 엄마들이 나와, 아저씨에게 칼을 맡기고 수다 타임을 갖는 일은 흔한 풍경이었다. 자고로 칼은 항상 날이 서 있어야 하기 때문에 무뎌진 식칼을 정기적으로 관리하곤 했다. 그날 당첨된 집 앞 대문턱에 앉은 칼갈이 아저씨는 옆에 수북하게 쌓인 칼 중 하나를 들어, 사각사각 절도 있게 시커먼 숫돌에 문질렀다. 그리곤 허공에 칼날을 들어 올려 샛눈을 뜨고 보다가 목장갑을 낀 왼손 검지 위에 대고 스윽 훑곤 했다. 물통에서 물을 조금 묻혀 흩뿌리는 동작이 반복되고 나면, 완성된 칼을 들어 마무리했다. 그때 빛에 반사돼 칼날 전체에 푸른 레이저 광선마냥 스치는 일직선의 서슬을 보면 난 오금이 저렸다. 아니 머리, 어깨, 손, 발까지 시었다. 마치 온몸에 미뢰가 달려 레몬을 통째로 씹어 먹는 것처럼. 지금도 영화나 드라마에서 무사도를 비롯한 날선 각종 칼을 마주하면 온몸이 시고 힘이 죽 빠진다. 칼은 나랑 안 맞아. 그래서 어지간하면 칼보다 가위로 타협하고, 택배 파트만 커터칼에게 떠맡긴 것이다.

칼 좀 써봤다는 사람들이라면 하나씩 갖고 있을 NT 커터칼 중 내가 사용하는 것은 가장 대중적인 'A300 시리즈'로 전 세계에서 가장 많이 팔리는 모델이다. 양손잡이 모두 사용 가능하며 잠금장치가 있어 안전하다. 칠순이 훌쩍 넘는 NT 커터칼은 현재 클래식 · 프리미엄 · 에코 · 키즈 등 엄청난 종류의 칼을 생산 중이다. 판초콜릿에서 힌트를 얻어 또깍또깍 부러뜨려 쓸 수 있는 커터날의 등장으로, 우리는 더 이상 칼 갈아요~ 하는 외침은 듣지 못하게 됐다. 이 시점에서 당부하고 싶은 것이 하나 있다. 무뎌진 칼날이야 뒷부분에 달린 틀을 이용해 꺾으면 그만이지만, 부러져 나간 칼날은 그냥 버려선 절대 안 된다. 무뎌서 버린 칼날이라도, 제 본연의 습성이 살아남아 쓰레기 속에 잠복했다가 환경미화원 분들에게 상처를 입히는 일이 비일비재하다. 칼에 베이는 상상만으로도, 다시 오금이 저리고 온몸이 시다. 그래서 나는 껌이나 사탕 등이 포장됐던 작은 틴 케이스를 준비해 칼날이나 상품 포장에 딸려온 예리한 금속을 따로 모은다. 가득 쌓이면 틴 케이스와 함께 분리수거함에 넣는다. 부디 이 칼날 분리수거 운동에 동참하길 문구 마니아들에게 진심으로 권해본다.

다시 본론으로 돌아와, 커터칼을 잘 사용하는 방법을 전하면 사용 시 칼날을 밀어 올릴 때 엄지손가락에 힘을 적당히 주는 것이 좋다. 너무 세게 밀어 필요 이상으로 밀려나온 칼날을 귀찮다는 이유로 그냥 쓰면 날이 부러지거나 다칠 수 있다. 칼날이 들어가야 하는 부분과 각도, 칼날 길이는 모두 다른 만큼 목표물을 감안해 필요한 만큼만 밀어서 쓰는 것이 좋다. 커터날의 표면에는 오일 성분이 둘러져 부식되지 않도록 돕는 역할을 하는데, 지나치게 길게 뽑아 쓰다 보면 이 오일 성분이 금세 사라져 자칫 녹이 스는 경우도 많다. 잦은 사용으로 안쪽 칼날이 건조해졌다 싶으면 휴지에 오일을 한두 방울 묻혀 닦아주는 것도 효과적이다. 귀가 닳도록 들었던 속담 중에 '부부싸움은 칼로 물 베기'라는 말이 있다. 별일 아니라는 의미지만, 한 번 베는 것이야 무관하나 그 역시 여러 차례 물을 베면 녹이 슬지 않겠나 싶다. '부부싸움은 오일 바른 칼로 물 베기'쯤으로 하는 것은 어떨까 잡생각을 해본 적도 있다. 또 테이프에서 옮겨 붙은 끈끈이 성분이 칼날 전체를 뒤덮는 일도 다반사, 이럴 땐 접착력이 우수한 투명 테이프를 칼날에 붙였다 뗐다 반복해주면, 스스로 내뿜었던 끈끈이를 도로 회수해 깔끔해진다.

첫째 커터칼과 함께 사용 중인 칼 패밀리도 여럿 있다. 둘째인 '정밀칼Precision Knife'은 커터날을 한 칸 잘라 넣은 듯한 펜대 모양의 칼이다. 작고 날카로운 칼날 덕에 매우 정교한 작업을 할 수

LETTER OPENER • COUPE-PAPIER • ABRECARTAS • レターオープナー • BRIEFÖFFNER

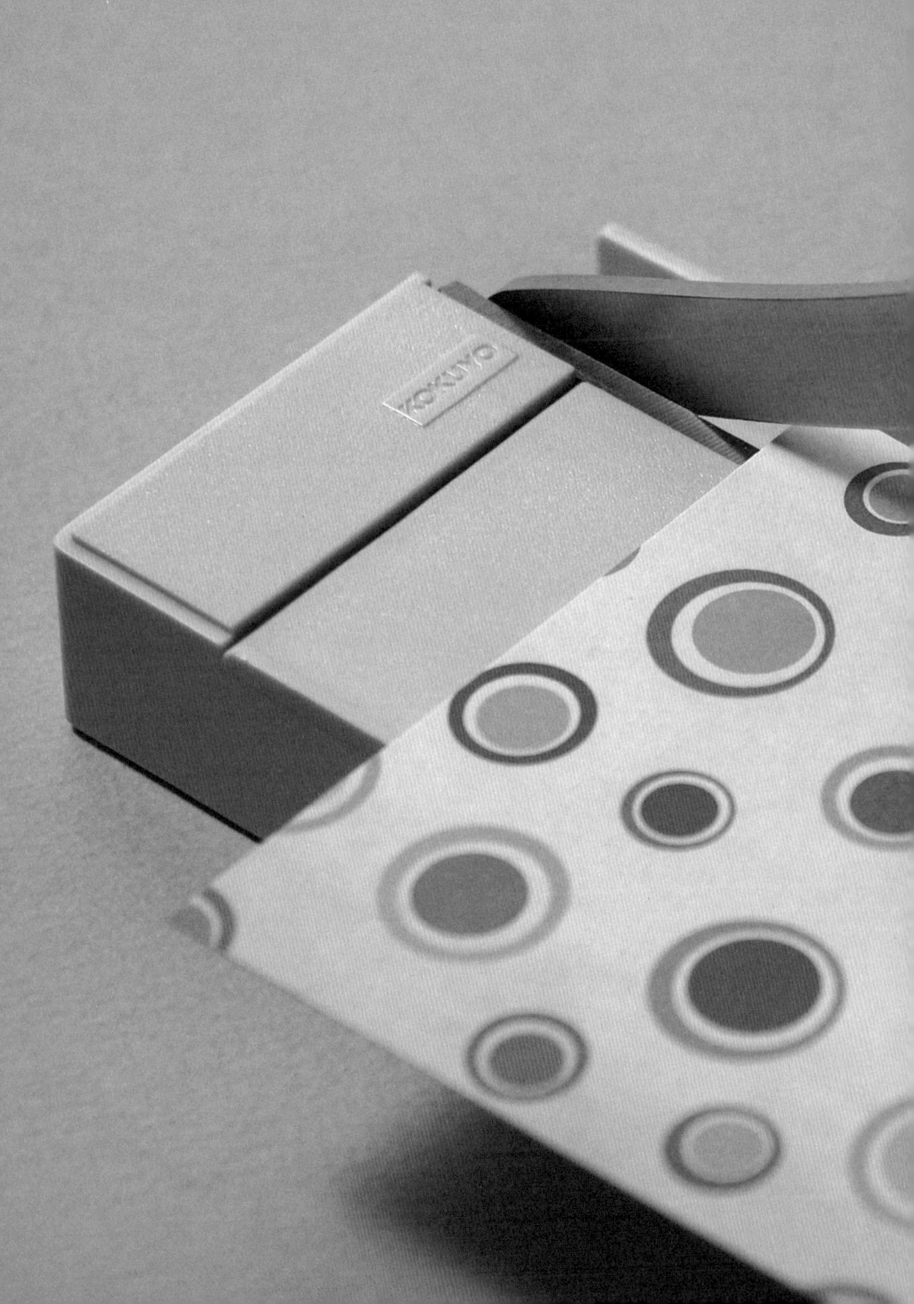
KOKUYO

있어, 프라모델이나 종이공작, 공예 등 미술 분야에서 많이 사용해 '아트 나이프Art Knife'로도 불린다. 지금도 세밀한 칼질이 필요한 부분에는 정밀칼을 사용한다. 셋째는 최근 백수가 되어버린 '페이퍼 커터Paper Cutter'다. 우편물이나 서류봉투를 가를 때 사용하는 용도로, 칼끝이 뾰족하긴 하나, 날 부분은 무뎌 종이를 자르기 알맞다. 데스크 문구 자리를 지키며 품위 있게 편지를 열어주던 이 녀석은 독일 기프트 전문 브랜드 '트로이카Troika'의 '커팅 엣지 레터 오프너Cutting Edge Letter opener'로 우아함의 끝판왕이다. 여느 페이퍼 커터는 가늘고 긴 금속의 모양 일색인데, 이 제품은 원형 UFO의 모습으로 속내를 감추고 있어 설명이 없다면 무엇에 쓰는 물건인지 알 수 없다. 가운데 살짝 솟아오른 검정 버튼을 누르면 이내 반전이다. 접혀 있던 칼날이 미래에서 온 로봇마냥 슬로모션으로 펼쳐진다. 우어! 편지를 열어보기도 전에 칼날에 한 번 감동하고, 편지 사연을 보고 두 번 감동하게 만들 요량인가 보다. 그러나 간혹 기하학적인 숫자의 카드 결제 대금 고지서일 수도 있으니 너무 나대진 마라 셋째야. 암튼 이 페이퍼 커터는 백수임에도 기백이 남다르다. 이제 막내 차례다. 세 형이 어리광을 받아주며 모든 것을 다 처리하니, 그저 앙증맞은 애교만 떨면 그만인 막내의 정체는 이름하여 작두. 정확히 20년 전 대형 서점에서 거금을 주고 샀던 이 제품은 고쿠요KOKUYO의 '페이퍼 커터 미니

Paper Cutter Mini'다. 말 그대로 작고 귀여운 작두다. 작두는 본래 한약재나 여물을 써는 용도였지만 이미 오래 전부터 사무용 재단기로도 많이 사용되고 있다. 이 작두를 산 것은 순전히 필름 카메라 로모LOMO 때문이었다. 한동안 로모앓이를 하던 나는 수백 통의 필름을 소진하고 현상을 맡겨 인화된 3x5 사이즈의 사진을 찾고 나면 테두리를 잘라 한 번 더 정리하기 위해서다. 가위질에 허덕이다 이 귀요미를 발견하고는 세상을 가진 기분이었더랬다. 이때 처음 일본의 국민 문구 브랜드로 알려진 고쿠요와 캠퍼스Campus 시리즈까지 알게 된 것이다.

'칼 같다'는 말이 있다. 칼의 용도에서 비롯된 의미로, 맺고 끊음이 분명한 것을 이른다. 혹자는 '칼 같다'와 '정 없다'를 같다고 주장하지만, 절대 그렇지 않다. 칼 같음은 정과 무관하며, 이타주의나 배려 같은 말과 맥을 함께 하는 말이다. 깔끔하게 잘려나간 자리처럼 자신이 들고나는 자리를 정리할 줄 안다면 인생 모토로 이만한 것이 또 어디 있을까 싶다. 결정 장애를 호소하는 이들이 점점 느는 요즘, 마음 단단히 먹고 칼 같아지려 노력해 보자. 혹 날이 무뎌졌거나 형식적으로 구비해 썼던 평범한 칼을 쓰고 있다면 이참에 오진 녀석으로 하나 영입하는 것도 추천한다. 칼과 함께 단호박 라이프, 오늘부터 1일! 나도 칼 쇼핑 한번 가야겠다.

플러스 롤러 케시퐁 스탬프 · 고쿠요 파일

내 신상의 보디가드

학창 시절 새 학기가 시작되고 주변 환경이 안정권에 접어들면, 새로 사귄 친구들의 집을 오가게 된다. 이렇게 친구의 일상을 트는 단계를 거치면 한층 가까워진다. 그때 우리 집을 방문한 친구들 열이면 열, 모두 내 책상 서랍을 여는 순간 경악을 금치 못했던 기억이 난다. 그리 특별할 것도 없는 서랍 속이 친구들에게는 꽤나 충격이었나 보다. 네 개의 서랍 모두 칼각을 맞춰 매장 전시 수준으로 정리된 탓이었다. 마치 요즘 TV에서 누군가의 냉장고를 열고 줄지어 선 생수병과 맥주를 보고 기함을 토하는 상황과 유사하다. 담겨 있는 것들이야 노트와 일기장, 연필 등의 문구류를 비롯한 아끼는 소품과 귀중품이었으니 별다를 것이 없었으나, 비뚤어지거나 겹쳐지거나 포개진 것이 아닌 가지런히 줄을 맞추고 있는 모양새가 꽤나 놀라웠던 모양이다. 친구들과의 왕래가 있고 난 다음부터 내 서랍 속이 일반적이지 않다는 걸 알았고, 학년을 거듭해도 내 서랍을 마주한 친구들은 한결같은 반응이었다. '정리여왕'이라는 별명에 이어 '필기여왕'까지 등극하니, 이쯤하면 내 강박증 소개는 얼추 된 듯하다. 우리는 누구나 소소한 불안장애와 강박증 한두 가지쯤은 가지고 산다. 다만 내게는 좀 더 세분화된 깨알 강박증이 여러 개 있을 뿐.

그 중에서도 대표적인 강박증은 이름과 주소를 비롯한 내 개인정보가 적힌 종이나 비닐, 우편물 봉투를 쉬 버리지 못하는 것이다. 택배 박스의 배송 스티커에는 두세 군데 이름과 주소, 내용물까지 빼곡하게 기록되어 있다 보니, 개봉 전 배송 스티커부터 칼로 도려내는 것이 일이다. 뜯어낸 스티커는 가위로 이름, 주소, 전화번호까지 싹뚝싹뚝 채 썰듯 잘라버려야 직성이 풀린다. A4 사이즈의 문서라면 세단기에 넣으면 간단하지만, 우편물이나 택배 박스에서 도려낸 부분은 사이즈가 작아 그 역시도 불편하다. 다양한 종류의 가위를 구매해 여기저기 던져두고 쓰는 것도 바로 그런 이유에서다. 나의 이 강박증을 눈치 챈 지인들이 하나같이 하는 말이 있다. 이미 내 주민등록번호는 전 세계 7만 명 가까이 알고 있으니 아무 소용없다고 핀잔을 주지만, 700만 명에게 이미 노출되었다고 해도 절대로 그냥 버릴 수 없다. 왜? 강박이니까. 요즘은 약국에서 받아온 커다란 약 봉투와 아침저녁 낱개 포장된 비닐봉지에도 이름이 인쇄된다. 먹고 난 약 봉지는 일일이 가위로 채를 쳐야 하는 것도 노동 중의 상노동이다. 그러니까 그걸 왜 하냐고 반문하겠지만, 강박증은 따로 이유가 없다. 유명 축구선수 데이비드 베컴이 주변 사물을 짝수로 두어야 하는 일이나 팝아트의 대가 앤디 워홀이 영수증과 다 쓴 건전지 하나조차 버리지 못하고 쌓아두는 바람에 집을 창고로 만들었다는 일과 같은 맥락이다. 그저 형태와 종류, 방식이 다를 뿐 저마다 뇌 속에서 발현된 불안장애 중 하나일 뿐이니까. 문제는 무한반복의 가위질이 슬슬 짜증나기 시작했다는 것. 택배냐 가위질이냐 선택의 기로에 서 있던 내게 한줄기 빛이 내려왔다.

인터넷 서핑 중에 발견한 이 녀석의 이름은 '플러스 롤러 케시퐁 스탬프PLUS Roller Kespon stamp'. 가위 대신 이 스탬프를 쓰윽 한 번 밀어주면 영수증의 카드 번호나 택배 박스와 우편물 등에 표기된 주소와 이름을 순식간에 감춰준다. 이 마법의 도장은 롤러 타입의 고무에 특수한 패턴이 일정하게 박혀 있어 인쇄됐던 글자들을 감쪽같이 위장시킬 수 있다. 또 스탬프 사용을 위해 따로 잉크 패드를 쓰는 것이 아니라 제품 안에 잉크가 들어있어 사용이 간편하고, 잉크 또한 방수 및 빛바램 현상을 막아주는 안료 잉

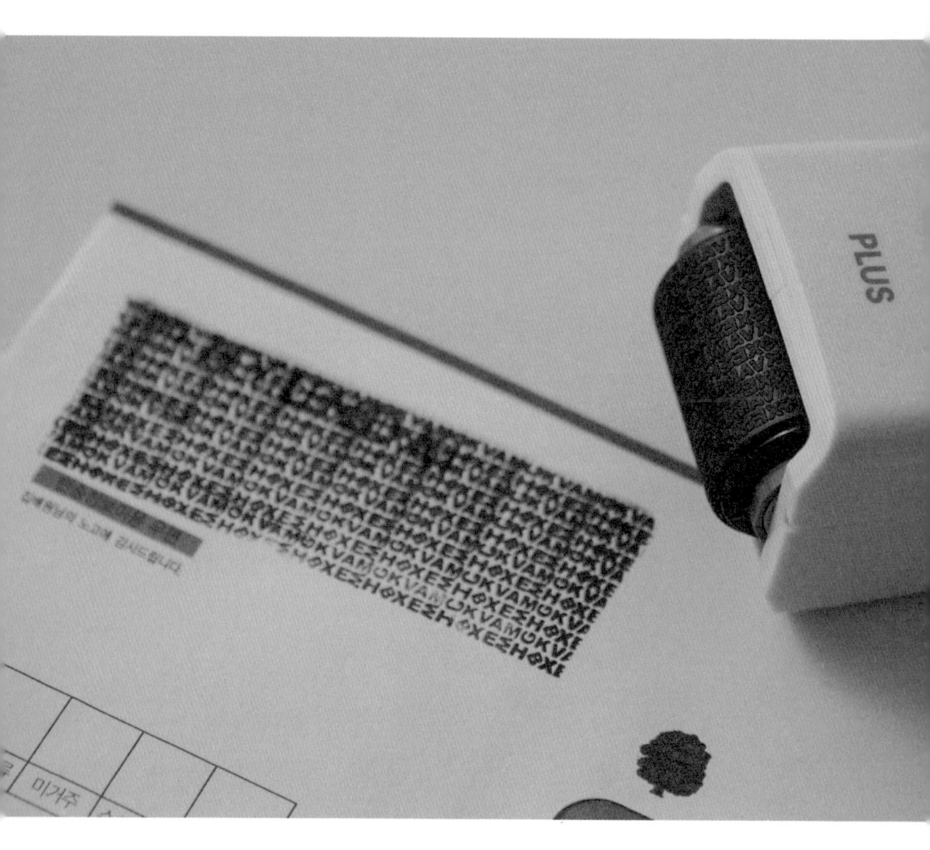
PLUS

크라 마무리까지 깔끔하다. 일본의 문구류 전문 브랜드인 플러스PLUS에도 나와 같은 강박증 고충자들이 꽤 있었는지, 일찌감치 2007년부터 보안을 위한 케시퐁 라인을 선보였다. 또 미국에서는 '가드 유어 아이디 스탬프Guard Your ID Stamp'라는 이름으로 인기를 모으고 있으며, 다양한 롤러 사이즈와 디자인으로 시대에 발맞춘 감각 있는 문구로 자리 잡았다. 개인정보가 노출된 종이를 스트레스 없이 처리할 수 있게 되니, 버림의 쾌락까지 제대로 느낄 수 있다. 가끔 인쇄 프린터의 종류와 잉크에 따라 스탬프의 기운을 거슬러 각도를 약간 틀다 보면 미세하게 인쇄된 글자가 보이기도 한다. 하지만 이 세상에 완벽한 것은 없으니 이 정도면 충분히 만족하고 기특하게 여길 일이다.

여기에 보안을 위한 수정테이프, '플러스 화이퍼 슬라이드Plus Whiper Slide'는 보안이 필요한 문서 수정 시 아주 제격이다. 이름이나 주민등록번호, 혹은 업무상 기밀로 처리해야 할 부분을 수정테이프로 처리하면 얇은 뒷면을 통해 그대로 노출될 뿐 아니라 빛에 비춰보기라도 하면 눈 가리고 아웅 하는 격이다. 이때 플러스 화이퍼 슬라이드 하나면 깔끔하게 마무리가 가능하다. 수정테이프 자체에 특수하게 만들어진 패턴이 덮여 있어 앞뒤로 모두 완벽하게 위장해 주기 때문이다. 따라서 롤러 케시퐁 스탬프와 화이퍼 슬라이드는 나의 강박증을 치료하는 데 꽤 효력 있는 처방이 되었다.

스탬프와 수정테이프 외에도 꽤 유용한 프라이버시용 문구로 자주 애용하는 것이 더 있다. '고쿠요 시큐리티 뷰 클리어 파일 Kokuyo Security View Clear File'이다. 역시 앞면이 정교한 패턴으로 덮여 있어 문서를 끼워두더라도 좀처럼 읽을 수 없는 요긴한 제품이다. 기획안이나 원고, 지극히 개인적인 내용이 적힌 문서를 보관할 때 일반적인 파일에 끼워두면 투명 파일을 통해 내용이 훤히 들여다보인다. 왜 그렇게 그 모양새가 싫은지, 인쇄되지 않은 면을 보이게 담아두곤 했다. 시큐리티 뷰 클리어 파일 한 장이면 역시 안전하다. 세심하게 파일의 뒷면까지 반투명 처리했으며, 무엇보다 재생 수지로 만들어진 친환경 제품이다. 특히 업무상 보안이 까다로운 문서를 다룬다면 더없이 든든한 문구가 되어줄 것이다.

최근 내 레이더에 아주 요긴한 물건 하나가 걸려들었다. 문서 세단용 다중 가위다. 네다섯 번의 가위질을 해야 이름 석 자를 모두 잘게 자를 수 있는 노동을, 단 한 번에 끝내주는 5중 날의 이 가위는 그야말로 또 다른 신세계로다. 버리는 것까지 깔끔하게 처리해야 잠을 잘 수 있는 강박러들이여, 꿀잠을 위해 이 녀석들을 당신의 문구 리스트에 추가할 것을 강력하게 추천한다.

WHIPER SLIDE 5

문구는 옳다

초판 1쇄 인쇄 2021년 1월 5일
초판 1쇄 발행 2021년 1월 10일

지은이 | 정윤희

발행인 | 유영준
편집부 | 오향림
디자인 | 형태와내용사이
인쇄 | 두성P&L
발행처 | 와이즈맵
출판신고 | 제2017-000130호(2017년 1월 11일)

주소 | 서울시 강남구 봉은사로16길 14, 나우빌딩 4층 쉐어원오피스 (우편번호06124)
전화 | (02)554-2948
팩스 | (02)554-2949
홈페이지 | www.wisemap.co.kr

ISBN | 979-11-97060-21-2 (03810)

· 와이즈맵은 독자 여러분의 소중한 원고와 출판 아이디어를 기다립니다. 출판을 희망하시는 분은 book@wisemap.co.kr로 원고 또는 아이디어를 보내주시기 바랍니다.
· 파손된 책은 구입하신 곳에서 교환해 드리며 책값은 뒤표지에 있습니다.

이 도서의 국립중앙도서관 출판예정도서목록(CIP)은 서지정보유통지원시스템 홈페이지(seoji.nl.go.kr)와 국가자료 공동목록시스템(www.nl.go.kr/kolisnet)에서 이용하실 수 있습니다.
(CIP 제어번호 : CIP2020052552)